TAKE
SHOBO

年下王子に甘い服従

Tokyo王子

御堂志生

ILLUSTRATION
うさ銀太郎

MITSU
YUME

年下王子に甘い服従
Tokyo王子

CONTENTS

MITSU YUME

イラスト／うさ銀太郎

年下王子に甘い服従

Tokyo王子

プロローグ

そこは大使館の貴賓室、あるいは一流ホテルのスイートルームによく似た部屋だった。使われてはいないが石造りの暖炉があり、その前にロココ調のソファセットがひと組。奥に進むともうひと組、ゆうに十人は座れそうなソファセットがあった。

部屋の南側に配置された六つの大きな窓は、すべて分厚いカーテンで隙間なく覆われている。そのせいか、空気は澱《よど》んでいて室内も薄暗い。

東側の壁には大画面のテレビが一台。スピーカーからは男性アナウンサーの声が絶え間なく流れていた。テレビの近くにはサイドボードが、その上にはペールブルーに艶めくジャスパーの時計が置かれ、金色の針は三時を指していた。

『――本日の午前中に行われた、四王子の誕生日祝賀パレードの様子をご覧いただきました。十日後に二十歳を迎えられるコージュ王子をお祝いするため、今年は例年の二倍の騎馬が参加、距離も三キロ延長して催されました。本日午後六時より王宮大広間にて晩餐会《ばんさんかい》が、そのあとには舞踏会が予定されております。さあ、ではここで、正午から行われました祝賀記念式典の様子を――』

無人のリビングルームに、ワイドショーの「王室特番」が流れ続ける。

妙に華やいだテレビ画面の向こうには、クリーム色の両開きの扉が――今は、片側だけ開かれていた。

その中で行われていることは……。


全体的に華美な装飾はなく、リビングに比べてかなりスッキリとした部屋だった。

中央にクイーンサイズのベッドが置かれ、こちらの部屋もカーテンは同じように閉じたままになっている。窓際には三人掛けのソファが一脚、ガラステーブルを挟んで一人掛けのソファが二脚あった。

ソファの下にはペルシャ絨毯《じゅうたん》が敷かれ、その近くに衣服が散乱している。淡いブルーのイブニングドレス、ビスチェにシルクのパーティシューズ。ベッドの近くには、女性の下半身を隠すのに最低限の面積しかなさそうなシルクの下着も落ちていた。

一人掛けのソファには、トーキョー王国陸軍の軍服がかけられている。

袖には太い金の三本線、襟章も金地に銀の星三つ、胸には国王陛下より賜《たまわ》った勲章を着け、腰にサーベルを佩刀《はいとう》する。

それが、この部屋の主の正装だった。

ベッドがひと際大きく軋《きし》み、女の啼《な》き声が室内に響き渡る。

「あっ、あ……んっ、やっ、あぁーっ！」

美しく装っていたであろう女は、そのほとんどを淫らに脱がされていた。

露わになった素肌の所々に、薔薇《ばら》の花びらを散らしたような痕が見える。たった今、男の唇によってつけられたものに違いない。

「ダメ、ダメ、もう……ダメ、です、わたし……あぅ」

女は白くほっそりした腕を男の首にかけ、弓なりに背中を反らせた。

ガーターストッキングに包まれた二本の脚を男の腰に絡ませ、爪先をピンと伸ばしながらヒクつかせている。

男は上半身に白いシルクのドレスシャツを着たまま、剝き出しの下半身を女の中に押し込んでいた。

「まだ、だ。ひとりでイクんじゃない」

余裕の声で女を引き止めながら、男はゆっくりと腰を引いた。

ズチュ……グチュ……蜜壺《みつつぼ》を太い棒でかき混ぜるときのような、粘り気のある水音が室内に広がり、女の啼き声はいっそう高まる。

「やっ、やあーっ、ダメ、そんなふうに……したら、あ、あ、あっ……んんっ」

「こんなふうにしたら、なんだ？　ゆっくりは嫌だ、激しく掻《か》き回してくれってことか？」

男は愉快そうに問いかけると、これまでとは一転して荒々しく雄身を出し入れした。

パンパンと音を立てながら互いの肌が当たり、淫猥《いんわい》な水音はさらに激しくなる。女は息も絶え絶えになりながら、綺麗《きれい》な顔を歪《ゆが》ませた。

そしてとうとう我慢できなくなったのか、女のこめかみに涙が伝う。

「も……う、もう、許し……て、くださ……ぁ、はぁう」

そのとき、女の中に変化があったようだ。男の額や首筋に汗が浮かんでくる。

男は抽送のスピードを緩め、ふたたびゆっくりと動き始めた。

「まだ許してないぞ。勝手に気持ちよくなるな」

しばらくすると先端だけを女の中に残し、男はピタリと動きを止める。繋《つな》がった部分から蜜が少しずつ溢《あふ》れ出て、白いシーツに染みを作っていく。

やがて、女のほうが焦れてきたようだ。頬を赤く染め、肢体をくねらせるようにして、自ら腰を揺すり始めた。

男はそれを待っていたのか、くつくつと喉の奥から笑い声を漏らしている。

「そんなに腰を揺らして、どうした？　ほら、もう少し耐えてみろよ。そのほうがもっとよくなるぞ」

少しも我慢できないとばかり、女は首を左右に振る。

「殿下、もう……もう、無理……ぁ、あ、ああーっ！」

「ったく。我慢のできない奴だな」

男は慣れた動作で身体を起こした。

細くしなやかな腰を掴《つか》み、忙《せわ》しない女の声に合わせて抽送のスピードを上げる。完全防音でなければ、庭を警備する衛兵の耳にも届いただろう。

それまでよりいっそう派手な声を上げ、女はクライマックスを迎えた。

自分の腕の中で果てた女に、男は愛しそうに声をかける。

「そんなによかったか？　次はこっちだ。もう少し付き合ってもらうぞ」

そのとき、北側の窓から淡い光がベッドまで届き、男の顔をくっきりと浮かび上がらせた。

彼の容姿は男と言うより少年と呼ぶに相応しい。若さのせいか頬のラインが幾分柔らかく、それが引き締まった口元を際立たせている。墨で線を引いたような眉も、濁りのない黒い瞳と対になり、絶妙なバランスを醸し出していた。身長は公称一七七センチだが……プラスマイナス二センチの誤差は許容範囲だろう。

彼はトーキョー王国が誇る四人の王子の中で、唯一王妃が産んだ息子。

この部屋の主とは——博学多才にして高潔な人柄と誉れ高い、第四王子〝コージュ・アルフレッド・エインズレイ・カノウ〟だった。

第一章　王子と秘書官

第四王子秘書官であるアリサ・シンザキは、くたびれ果てた身体をどうにか起こした。記念式典が終わったのが一時過ぎ、軽く昼食を取り、王子に呼び出されたのが二時近くだ。それから、わずか一時間ちょっとで三回。これでも、コージュ王子にすれば充分ではないという。

彼が満足するまで付き合うとなると……アリサは気が遠くなった。

シャワーの音がやみ、すぐにバスルームの白い扉が開く。

コージュ王子が濡《ぬ》れた髪を左右に振りながら、腰にバスタオルを巻いただけの姿で出てくる。シャワーのあとはいつもこうだ。何度言っても自分で拭こうとしない。

アリサは倦怠感《けんたいかん》の残る身体を励ましながら、ベッドから下りた。

「殿下……しつこいようですが、絨毯《じゅうたん》がびしょ濡れになります」

「放っておけば乾くだろ？　元はと言えば、一緒にバスルームに入らなかったおまえが悪い」

入ったら入ったで、バスルームで四回戦が始まることは間違いない。

普段ならともかく、一連の祝賀行事の準備や打ち合わせで、アリサはこの一ヶ月間休みなし、連日四時間睡眠で働き詰めだ。二十五歳は秘書官の中では最も若い年齢だが、プラス、王子のお相手となると楽ではない。

アリサはシーツを身体に巻き、コージュ王子に近づいた。彼の手からバスタオルを受け取ると、丁寧に王子の身体を拭き始める。

日増しに胸板は厚くなる。肩や二の腕、太ももにも筋肉がつき始め、十五歳のころに比べたら逞《たく》ましさは雲泥の差だ。

王子自身はそれほど伸びない身長を気に病んでいるようだが、決して低いほうではない。

トーキョー王国第四王子である彼は、わずか十八歳のときに飛び級で王立大学大学院を卒業した。総合文化研究科を専攻し、史学博士号を取得している。

だが現在の身分は大学生だ。昨春、心理学科に入り直したためだった。

王子は慣例により、十八歳で軍の大将に任命される。コージュ王子は陸軍大将——名誉称号なので、実際に軍を指揮することはない。

彼は大学に通う理由として、『王室の一員として、またひとりの人間として、視野を狭めないためにも同年代の友人とともに大学生活を送りたい』と王室報道官を通じて発表している。公務の合間を縫って真面目に大学に通う姿は、聖人君子のようだとささやかれ、世間では高く評価されていた。

その本音が『大学に行かなければ、どうせ退屈な公務が増えるだけだろ。まだ学生のほうがマシってもんだ』であることは、アリサしか知らない事実だろう。

「アリサ、夜までには復活しろよ。晩餐会《ばんさんかい》のあとは、厄介な舞踏会だ。また、貴族の女たちに囲まれるに決まってる。頃合いを見て、秘書官のおまえが追っ払ってくれ」

「しかし殿下。本日は、殿下のためのパーティでございます。ダンスのパートナーは二十八番目のご令嬢まで順番が決まっておりますので……」

アリサが具体的な数字を告げると、コージュ王子はわざとらしく天を仰いだ。

「二十八だとぉ？　くそったれ！　何曲ワルツを踊れってんだよ。しかも、どいつもこいつも下手くそばっかりなんだぞ」

「……頑張ってください」

「ご褒美がもらえるなら、頑張ってやってもいい」

言うなり、彼の目はキラリと輝く。

瞬時に、アリサの背中に悪寒が走った。

「ダメですよ！　今はダメです。殿下がドレスを着て来いとおっしゃるから着て来ましたのに。これから、もう一度ドレスを着て、髪と化粧も直して、晩餐会の打ち合わせに行かなきゃならないんですからっ」

アリサが壁の時計を見上げると、もうすぐ四時だ。四時半までには行かないと、首席秘書官のナムラがうるさい。

「しょうがねぇな。じゃあ、今夜、今夜な」

「こっ、今夜、ですか？」

今日のスケジュールをすべて終わらせ、戻ってから王子の相手をして、となると……アリサが自室に戻れるのは何時になるのだろう？

「どうせ部屋は同じ階だろ？　ガタガタ言うなら、このまま押し倒すぞ」

「ダメですってば！　わかりました。パーティがすべて終わったあとでよろしいですね？」

「ああ……それまでは、コレで勘弁してやる」

裸の胸に抱き締められ、アリサは熱いキスを受け止めていた。

当然のように、王子の舌はアリサの唇を割る。焼けるような舌先で口腔《こうくう》を蹂躙《じゅうりん》され、唇の脇から唾液が零れ落ち……。

（結局わたしは、殿下の言うとおりにしてしまうんだわ）

世間で言われるコージュ王子像と、アリサの知る彼はまるで別人だ。

我がまま過ぎるときは、いつか化けの皮を剝がしてやる、世間に言いふらしてやる、と思うのだが……多分そんな日は来ないだろう。

なぜなら、十四年前の春、アリサは王宮の庭で六歳のコージュ王子と出会ってしまったから……。

そのときから、彼女はプリンス・コージュの虜だった。

初めはもちろん恋ではなく、母親がいない幼い少年に向けられた同情と、王族に対する親愛の情に過ぎなかったのだが——。


アリサの父マサヤ・シンザキは王宮の車両部に勤めている。現在は国王陛下専属のベテランドライバーだ。

その昔、王宮は子供の出入りが禁止という時期があった。なかなか子供に恵まれない王妃を気遣ってのことと言われるが、真相は定かでない。

だが二十年前、王妃が出産直後に亡くなるという悲劇が起こる。国王夫妻は仲睦まじい夫婦だった。王妃を失った国王は片翼を失くした鳥のようであったと聞く。

王妃の残したコージュ王子が六歳になったころ、国王は使用人の子弟をこぞって王宮に招いた。公式発表によると——三人の兄が初等科に入学したのをきっかけに個別の学習時間が増えるため、ひとりでいる時間が多くなったコージュ王子のお友だち選び——だった。

アリサはその中のひとりとして王宮に招かれた。

呼ばれた者は代々王家に仕える家の子弟ばかり。全員、身分は平民だが身元はしっかりしている。彼女自身、将来は女官か事務官として働くことになるんだろうな、と子供にしては夢のない未来を想像していた。

その日、三姉妹の長女である十一歳のアリサは、八歳と六歳の妹を連れて王宮に上がった。

『本当は十歳くらいまでの男の子がご希望らしい。プリンス・コージュの遊び相手になり、将来は親衛隊になるような少年がね』

だから、適当に楽しんで来たらいい。父はそう言って笑いながら送り出してくれた。

それを聞いていた八歳の妹エリカは『じゃあ、あたし、王子様のおよめさんになる!』そんな無邪気な言葉を口にする。

『馬鹿ね。プリンスのお妃には、貴族の子供がなるのよ。それか、外国のプリンセスがお嫁に来るの。わたしたち運転手の子供に出番はないのっ！』

当時のアリサは随分生意気で、そのときも偉そうに妹を叱りつけたのだった。

彼女らは王宮正殿の小広間に通された。三姉妹は小学校の制服を着せられ、子供ながらかなり緊張していた記憶がある。小広間には子供だけで四～五十人はいただろうか。国王陛下の謁見は叶《かな》わず、側近と呼ばれる男性が現れ、その場を取り仕切っていた。

そしてプリンスは、トーヤ王子、クロード王子、シオン王子と姿を見せたのに、肝心のコージュ王子はとうとう出て来なかった。

集められた子供の中で、アリサは最年長のひとりであったと思う。しかも、三人の王子の近くに呼ばれるのは、王子たちと同じ年頃の少年がほとんどだ。父の言葉は正しかったのだ、とアリサは思った。

小広間に用意されたお菓子や文具、おもちゃは高級そうで見慣れない物ばかり。最初は興味が湧いたアリサだが、すべてが低学年向けでしだいに退屈になる。

アリサはトイレに行くと言って部屋を離れた。その途中、満開の桜につられて王宮の庭に出てしまい……。

その桜の木の下で、彼女はひとりの少年と出会った。

『ねえ、どうしたの？　迷子になったの？　それともお腹が痛い？』

桜の根元でしゃがみ込んでいる少年にアリサは駆け寄り、声をかけた。

だが少年は背中を向けたまま、振り向こうとしない。

『わたしはアリサ・シンザキ。お父さんが国王陛下のドライバーなのよ。あなたのお父さんは誰？　お姉さんが連れて行ってあげるわ』

アリサは完璧に、自分と同じように招かれた少年だと思い込んでいた。

『こんなところにいたら怒られるわよ。そうしたら、あなたのお父さんやお母さんに迷惑をかけるんだから』

しつこく声をかけるアリサに、少年はやっと顔を向けた。

瞬間、アリサはその天使のような顔立ちに息を呑《の》む。ひょっとして少女だったのかと思うくらい可憐《かれん》で美しい。だが、サスペンダー付きの半ズボンに、ブルーのシャツとスニーカー。服を見る限り、男の子に間違いない。

その直後、少年の足元に転がる物体を見て、アリサは仰天した。

『なっ……ちょっと何してるの？　それって犬？　子犬じゃない。なんなの、そのセロハンテープは⁉』

生後一ヶ月ほどの子犬だろう。犬種はおそらく、盲導犬として知られる黒のラブラドールレトリーバー。だが、その子犬の口は透明なセロハンテープでグルグル巻きにされている。

子犬は鳴くこともできず、転がって苦しそうに暴れていた。

『あ、あんた……何やってんのよ。可哀相じゃない！』

『うるさい！　僕に逆らうと、おまえの父親をクビにするぞ』

『……何言ってんの？』

『弱い奴はイジメられるんだ。それが普通だよ。イヤなら噛みつけばいいんだ』

少年は子犬を小突きながら『ほら、かかって来いよ』などと言っている。

アリサは頭に血が昇り、『やめなさい！』と少年の頬を打った。バチンと意外に大きな音がして、叩《たた》いた本人のほうが焦ってしまう。

少年も驚いた顔でアリサを見上げていた。

『その……お姉さんは子犬の代わりに怒ったんだからね！　弱いものイジメなんて最低！　あんた、自分がどれだけカッコ悪いかわかってるの？　今からそんなじゃ先が思いやられるわ』

『僕を、叩くなんて……』

『悪いことしたら怒られて当然でしょ！』

内心、この少年の父親がアリサの父親にとって上司でないことを祈った。

だが、どれだけ親が偉くても、悪いことは悪い。小さい子供にそれを教えるのは年長者の義務なのだ。長女らしい責任感と正義感に十一歳のアリサは燃えていた。

『叩いてゴメンね。でも、叩かれたら痛いでしょ？　自分が蹴られたり突《つっ》かれたり、テープなんか巻かれたりしたらイヤじゃない。だから、自分がされてイヤなことは、人や動物にしちゃダメなの。わかった？』

少年の頬が薄っすらと赤くなったのを見て、アリサは思わず謝る。泣かれたら困るな、と思ったが、少年は歯を食い縛りアリサを睨《にら》んだままだ。

アリサはばつが悪くなり、屈んで子犬のテープを剝がし始めた。

その直後、建物の方向から数人の大人が走ってきた。

『殿下！　コージュ王子殿下！　こちらにおいでてしたか』

大人たちの台詞を聞き、アリサは凍りつく。

なんと、噂《うわさ》の第四王子にビンタを食らわせてしまった。これがばれたら、父は王宮をクビになるかもしれない。彼女は、六歳の少年がアリサの名前を覚えていないことを願うだけだった。

その願いも虚しく――数日後、アリサは王宮から呼び出された。

父は理由がわからないと首を捻り、母も不安そうだ。アリサには心当たりがあったが、とても口には出せない。

そして王宮に呼ばれたアリサを待ち受けていたのは……。

『コージュ殿下におかれましては、お友だちにシンザキ氏のご長女アリサ嬢をとのご希望です。殿下が陛下より賜った子犬を救ってくださったとか。三人の兄上様に囲まれてお育ちになった殿下は、姉のような方を求めておいでのようです』

側近にニコニコと告げられ、アリサは思わず仰け反る。

どうやら王子は、子犬が悪戯されているのを見つけ、困っていたところをアリサが助けてくれた、と報告したらしい。

『陛下におかれましても、シンザキ氏のお嬢さんであるなら、将来は秘書官がよかろう、との仰せでございます。王室行事に慣れるよう、色々ご配慮くださいました』

その結果、なぜかアリサはコージュ殿下のお友だちとして、王宮に出入り自由の身となった。彼女は初等科の五年にして、将来の仕事が決まったのである。

「シンザキです。遅くなって申し訳ございません」

彼女が一礼して入った部屋には、すでに六人の男女が着席していた。

そこは王宮正殿内にある秘書官室。壁の時計を見上げると、二分の遅刻だ。最年少の彼女はしおらしく頭を下げる。

今日のためにアリサが選んだイブニングドレスは、派手な装飾のないシンプルなデザインだった。なるべく目立たないように、と思って選んだつもりだが、この手のドレスは肌を大きく露出する。念入りにチェックはしたものの、先ほどの名残がないか心配だ。

だが、ドキドキするアリサに飛んできた叱責は、遅刻のほうだった。

「四時半開始ですよ。時間より早めに来ようという心配りもないのかしら？　これだから若い娘は」

小言を言い始めたのは、首席秘書官のノリコ・ナムラ。

四十代の彼女は一度も結婚したことがなく、二十年間王室秘書官を務めていた。現在は国王の第一秘書官だ。

秘書官は国王に三人、王子たちにひとりずつ付いている。

国王には秘書官以外に、公務を補佐する補佐官が三人。秘書官はスケジュール管理の他、細々とした雑事が多い。王子の秘書官は公務にも同行して補佐官の役割もこなすので、仕事内容は多岐に亘《わた》った。

彼ら秘書官と国王補佐官、そして王宮の家政を執り行う侍従六人を併せて、合計十六人が側近と呼ばれている。

「ナムラさん、時間が押しておりますが……」

そう言ってナムラの小言を遮ってくれたのがチグサ・タカマだ。

国王第三秘書官であるチグサはアリサに最も年齢が近い。三十三歳の彼女は既婚者で、夫が親衛隊に所属している。妊娠すれば辞めると聞いているが、結婚から早三年、辞職願が出されることはなかった。

今日のチグサは黒いシンプルなドレスを着て、髪を引っ詰めにしている。眼鏡をかけた彼女はクールというより、地味な印象だ。

アリサとは年齢が近いだけで、特別仲がよいという訳ではない。だがチグサはナムラを嫌っており、敵の敵は味方といった感じでアリサに助け舟を出してくれる。

アリサは全員に頭を下げながらチグサの横に座る。そしてあらためて、「チグサさん、ありがとうございます」と小声で彼女に礼を言った。

ナムラは一回咳《せき》払いをすると、視線をアリサから手元のノートに移した。

「言われなくてもわかっております。――では、最終打ち合わせを始めます。晩餐会の開場は十七時半とのことでしたが、侍従長の要請で十分早めて十七時二十分となりました。開始は十八時。扉が閉まったあと、私たちは舞踏会の会場に移動して準備を手伝います。

それから――」

＊＊＊

晩餐会は定刻どおり始まり、アクシデントもなく終わった。

席が決まっていて、左右の人間としか話ができない晩餐会はいい。問題は、そのあとの舞踏会だろう。

コージュ王子は決められた順番に従い、二十八人中十四人の令嬢とのダンスを終え、休憩のためダンスフロアから離れた。

その直後、待ち構えていたように大勢の人々が彼を取り囲む。歳も若く、母方の親族に強力な後ろ盾を持たないコージュ王子は、さまざまな思惑を抱えた連中にとって格好の標的だった。


「我が国の未来を託せるのは、やはり亡き王妃様の忘れ形見であり、陛下のご嫡男であられるコージュ殿下しかおられません！　殿下が王太子になられるのが、国民の総意です！」

「私は三人の兄を尊敬しており、すべてにおいて、陛下のご意向に従う考えでおります」

――こんな場所で言い出すんじゃねーよ。他にどう答えろってんだ！

「私の娘は今年二十歳でして……なんと、ミス・トーキョーに選ばれたほど美しい娘なのです。大学卒業後はぜひ殿下のお傍に……。いえいえ、王宮で働かせていただくことを娘ともども希望しておりまして」

「王宮職員の人事は人事課にお問い合わせください。採用されますことを、お祈りいたします」

――金で買ったミスなんとかじゃねぇーか。トリガラみたいな女を連れて来んな！

「殿下のお耳にも入っておりますでしょう。シオン殿下の不行状に国民は目を覆わんばかりです。しかもこのたびは……交際中の女性がご懐妊とか。陛下はどうお考えなのでしょう？」

「不確かな発言は慎まれるべきかと思われます。私は兄を信頼しておりますし、陛下も同様でしょう」

――俺を焚《た》きつけてんのか？　兄上が何人女を作ろうが、ガキを作ろうが知ったことかよ。

「めでたく二十歳になられまして、次は花嫁探しですな」

「私など、まだまだ若輩者に過ぎません。将来的には、ただひとりの女性と添い遂げるつもりでおります。時間をかけて、ゆっくり探すつもりです」

「それはいけませんなぁ。早く結婚して、陛下にお孫様の顔を見せてあげなくては」

「私はその方面は不案内ですので……兄たちに任せたいと思います」

――俺は種馬じゃねぇーっつうの！　自国の結婚平均年齢くらい調べてから出直してこい！

声にはできない悪態を心の中で呟《つぶや》きながら、コージュ王子は周囲の期待どおりの笑顔で答え続けた。


〝王妃が産んだ唯一の息子〟――その肩書きは名ばかりに過ぎない。

今は亡き、ミナミ王妃は平民の出身だった。ハルイ国王は王妃と出会い、恋に落ちて妻とした。王妃の問題は身分だけでなく、年齢も……彼女は国王よりふたつ年上だった。

その状況で国王の我がままが通ったのは、当時の複雑な王室事情に関係する。

カノウ王家は八百年近くこの国を治めている。ハルイ国王は第三十九代国王だ。

この国の王家は古来より、男系男子にのみ王位継承権を与えてきた。それを維持するためにも、四代前の国王まで側室制度は当然のように存在した。しかし時代の流れもあり、第三十六代スオウ国王が即位したとき、制度は取りやめとなった。

当然といえば当然なのだが、その時期を境に王族はどんどん減っていった。わずか三代を経たころには、なんと男系男子はハルイ国王ひとりになってしまったのだ。

今の時代、先進国の主流は専制国家だ。トーキョー王国の兄弟国と言われるワシントン王国も、現在は女王が統治している。

対外的にも王政は維持しなければならず、『国王が結婚したいと言うなら誰でもかまわない』が当時の王宮関係者の本音だった。

ふたりは幸運だったと言えるが——その幸運も長くは続かない。

結婚して一年も経たないうちに、『王子を産め』『早く妊娠しろ』と平民出身のミナミ王妃は周囲から責め立てられた。だが一向に懐妊の気配はなく、不妊の原因も見つからないまま、人工的な手段でも彼女は妊娠できなかった。

結婚から十年が過ぎ、事態を憂慮した政府はついに側室制度の復活を提案する。

議会は喧々囂々《けんけんごうごう》の騒ぎとなった。だが女系が認められるようになれば、女性王族の血を引く人間にも王位継承権が生じる。それを利用しようとする周辺諸国の王室の思惑が、男系廃止・女王擁立派の背後に見え隠れし始め……。

そんな状況を踏まえて、男系維持が決定して制度は復活した。

だが、その決定に一番反対したのが誰あろう、ハルイ国王だった。

国王は王妃と離婚して別の女性と再婚するか、側室を受け入れるか、究極の選択を迫られる。その結果、彼は王家でただひとりの男子という現実に屈した。

但し、『王妃が満四十歳を過ぎたあと』『側室はふたり以上同時期に同条件で娶《めと》る』『側室の結婚経験は問わず、三十歳以上の経産婦のみ』『子供は男女問わず、側室のひとりでも出産した時点で制度は終了』といった条件がつけられ……。

王妃の四十歳の誕生日が過ぎた一ヶ月後、三人の側室が王宮に召し上げられた。

それぞれが王国の有力者に繋《つな》がる貴族の令嬢だ。そして、それから二ヶ月以内に、三人全員の懐妊が確認されたのである。

翌年四月、次々に生まれた全員が王子で、関係者一同が胸を撫《な》で下ろした直後、奇跡が起こった。

なんと四十一歳のミナミ王妃に子供が授かったのだ。

もちろん、ハルイ国王は手放しで喜ぶ。三人の王子たちがちょうど一歳を迎えるころ、国王には四人目の王子が誕生したが……。

それは、最愛の妻、ミナミ王妃の命と引き替えだった。

コージュ王子は生まれたときから幸運とは程遠い場所にいた。

母の実家には彼を後見する財力も権力もない。父王は長い間、妻の死から立ち直ることができなかった。権力争いの中で、身近な人間も次々に入れ替わりを余儀なくされた。幼く頼る者もいない王子を、側室それぞれの実家に繋がる人間は疎外し、それ以外の者は腫れ物に触るように扱い……。

広大な王宮でひとりぼっちに耐えていたとき、彼はアリサに出会った。


挨拶に並ぶ列の長さは一向に減らず、公務用のプリンススマイルが顔にはりつき始めたころ、コージュ王子の目にアリサの姿が映った。

令嬢たちは色鮮やかなイブニングドレスを身に着けているが、アリサは淡いブルーのドレスだ。控え目ながら透明な輝きを放つアクアマリンのイヤリングにネックレス、ブレスレットがよく似合う。

初めて会ったとき、アリサのほうが二十センチほど身長は高かった。今はコージュ王子のほうが十センチほど高い。追い抜いたのは、初めてアリサを抱いたころだった。

アリサはにこやかに笑顔を振りまきながら、コージュ王子の傍へとやって来る。

「シンザキ秘書官、随分遅かったですね。何かありましたか？」

笑顔をはりつかせたまま、コージュ王子は公式用の言葉遣いでアリサに尋ねた。

アリサも笑顔のまま小声で答える。

「ヤマト公爵家からお祝いの使者が参りまして、その対応に時間を取られてしまいました。お傍を離れて申し訳ございません」

その言葉でコージュ王子は大体のことを察した。

ヤマト公爵家とはトーヤ第一王子の母の実家である。資産はそれほど多くないが、何度か王妃を輩出したこともある、由緒正しい貴族だ。

しかし五年前、トーヤ王子が自動車事故で大怪我を負い、表舞台に一切姿を見せなくなった。それ以降、こういった祝賀行事には必ず異論を申し立ててくる。『第一王子を蔑ろにしている』『第一王子を王位継承から排斥する企みだ』と色々うるさい。

「殿下、そろそろフロアにお出ましになってはいかがでしょう。十五番目のご令嬢がお待ちかねでございます」

やって来るなり、アリサはダンスの催促だ。

うんざりしたコージュ王子はアリサにそれとなく声をかける。

「その前に……レストルームまで先導してもらえますか？」

このとき彼の脳裏に浮かんでいたのは、ほんの数時間前、自分の身体の下に組み敷かれていた純白のショーツとガーターストッキング姿のアリサ。

王子は不埒《ふらち》な妄想を、爽やかな笑顔で隠すのだった。

＊＊＊

そこはコージュ王子専用のレストルームだ。

大きな姿見や洗面台もあり、もちろんトイレもある。王子のプライベートゾーンなので、関係者以外立ち入り禁止となっていた。

中に入るなり、コージュ王子はアリサを背後から抱きすくめる。そのまま、ドレスの裾をたくし上げた。

「殿下……パーティの最中です。終わってからの約束でしょう」

「秘書官のおまえがなかなか来ないから、俺はタヌキ連中のおもちゃにされてたんだぞ」

「だからそれは、ヤマト公爵家からのクレームで……」

先ほどは『お祝いの使者と』と伝えたが、ふたりきりになるとアリサは正直に『クレーム』と口にしてしまう。

「そんなのは首席秘書官に任せてりゃいいだろ？　兄上が出られないから派手なパーティをやるなって文句は、毎度のことじゃないか」

王子の言うとおり、公爵家の抗議は五年前から毎年のことだった。

それでも最初の年は、国王も第一王子の怪我を気遣い、誕生月の記念行事は中止にしたのだ。しかし二年目以降はそういう訳にもいかない。『祝賀記念行事は第一王子だけのものではない』そういった苦情が多くなり、普通に行わざるを得なくなったのである。

ただ今年は、コージュ王子が成年に達するということもあり、特別に盛大だ。ヤマト公爵家が当日になって文句を言いに来たのは、嫌がらせが目的なのは明白だった。

「そのナムラさんの命令だったんです。最年少のわたしに断れるはずがないでしょう？

とにかく……すぐに出ないと、妙な噂にでもなれば」

アリサは懸命に拘束から逃れようとする。

だが、王子はそれを許さない。彼の右手はすでにガーターベルトを撫で始め、繊細な指先が円を描くようにアリサの内腿《うちもも》をさまよい、隙をついてショーツの中に滑り込んだ。

その瞬間、彼女の身体は硬直した。

こんなことをしている場合ではない、という理性が先に立った。だが王子の指先が

ショーツの中をゆっくりと往復して、敏感な部分を掠《かす》めるように撫でられ……身体の芯が蕩《とろ》けるように熱くなっていくのを感じた。

アリサの身体を知り尽くした指使いに、抵抗する間もなく、理性を手放していた。

しばらくすると、卑猥《ひわい》な水音が部屋の中に響き始める。

「凄いことになってる。なあ、アリサ……どうなってるか言っていい？」

「ダ……メ、です。言わないで……お願い」

「じゃあ、見てみろよ。ほら」

アリサの目の前に突き出された王子の指は、濡れて光っている。とろりと糸を引く液体が、手首まで伝い……コージュ王子はそれをペロリと舐《な》めた。

「すげぇ、甘い」

「ああっ……もう、許して……」

あまりの恥ずかしさに、アリサは泣き出してしまいそうだ。

「イヤだと言ったら？　もっと、おまえを味わいたい」

王子は水色のドレスを腰までたくし上げ、アリサを鏡の前にある椅子に座らせた。それは王子が休憩用に使う黒い革張りの椅子だ。

ヒップを持ち上げるとスルスルとショーツを引き下ろし、片足から外す。

「ダ……ダメです、こんな……殿下、待ってくだ……きゃあっ！」

王子はアリサの太ももを摑《つか》み、左右に大きく開かせた。そのまま両サイドの肘掛けに脚を乗せられてしまい、閉じたくても閉じることができない。

「嫌です、殿下……こんな格好は」

「うるさい！　黙ってろ」

普段はショーツに隠された場所が煌々《こうこう》としたライトに照らされている。それも宮殿の中、今は舞踏会が行われている最中だった。

「ふーん、嫌だと言ってるわりに、トロトロじゃないか……ショーツもぐっしょりだ。あ、ほら、俺に見られてるだけで溢《あふ》れてきた」

アリサは恥ずかしさのあまり手で顔を覆った。

王子の言うとおりだ。とんでもない場所で、とんでもない格好をさせられている。身悶《みもだ》えするほど恥ずかしいのに、コージュ王子の言葉には逆らえない。やるせない思いが胸をつき涙が込み上げてきた瞬間、灯りに晒《さら》された部分に生温かい感触を覚えた。

手を退けると、正面の鏡には自分の脚の間に顔を埋める黒髪が映っていた。

それは酷く扇情的な姿で、軍服とイブニングドレスに相応しい行為ではない。にもかかわらず、コージュ王子はわざと大きな音を立て、アリサのヒップに伝った愛液を啜《すす》る。

「そ、そこは……イヤ、ダメ、舐めちゃダメ……はぁうっ！」

割れ目に沿って舌でなぞられ、溢れ返る泉の入り口を舌先でノックされた。肉厚の温かな舌はアリサの中心を押し広げ、ゆっくりと中に入り込んでくる。蜜壺《みつつぼ》の内側を舌で掻《か》き回され、大きな声を上げそうになり、慌てて口元を押さえた。

アリサはもう一方の手を王子の頭に伸ばし、必死になって彼を押し退けようとする。

「殿下……お願いですから……許して。こんな……パーティが終わるまで、待って……ください」

逃れようと腰を引いたとき、ざらついた舌が花びらを掠めた。

ゾクリとした感触がアリサの背中を走る。直後、硬い歯が敏感な花芯に触れ……堪え切れずに腰を浮かすような仕草をしてしまった。

「本当に待って欲しいのか？　でも、ここはすぐにもイキそうだ」

「それは……殿下が、舐めるからぁ……あっ……ダメ、ダメェ」

王子の唇が彼女の蕾《つぼみ》を捉える。軽く甘噛みしたあと舌先で転がし、チュッと吸われた。

それには耐えられないほど下腹部が熱くなり……。

(もうダメ……もう、我慢できない)

折り曲げられた脚が打ち震え、アリサはギュッと目を閉じた。

大きな波に攫《さら》われるように快楽の頂上に引き上げられる――そう思った瞬間、コージュ王子はスッと彼女から離れた。

慌てて目を開けると、アリサの顔を覗《のぞ》き込んでいる王子の瞳があった。

そこには十四年前と変わらない、悪戯が上手くいって得意満面の光が浮かんでいる。彼は自分の思うままになるアリサが、面白くて仕方がないのだろう。

悔しいが、この状況では反論もできない。

思ったとおり、コージュ王子は微笑を浮かべながら言う。

「秘書官のくせに俺から離れて、しかも気に入らない女とのダンスを強制した罰だ。夜まで我慢するんだな」

軍服の乱れを直すと、彼はさっさとレストルームから出て行くのだった。


だが恥ずかしい姿のまま、置き去りにされたアリサは堪らない。

しかも、その瞬間を迎える直前だった。火を点けられたままの身体を持て余し、彼女はわずかな刺激すら苦痛に感じた。

思わず、自らの指で満たしてしまいそうなくらいに……。

（ダメよ。それだけは我慢しなきゃ。宮殿のレストルームなんだもの。そんなこと絶対にダメ）

アリサは片足にぶら下がったままのショーツを慌てて身に着けた。

それはしっとりと冷たく、できれば脱いでしまいたい。動くたびに脚の間に感じるぬめりが王子の愛撫を思い起こさせ、彼女をふたたび官能に引きずり込もうとするのだ。

——本当にダメなの？　ここなら、誰も見てはいないのに。

そんな誘惑に負けそうな身体を叱りつけ、アリサはドレスや髪の乱れを直した。

最後に呼吸を整え、鏡に映った自分をみつめる。

コージュ王子の芝居は完璧で、ふたりの関係を知っているのはごく少数の人間だけだ。

それも、亡き王妃に忠誠を誓い、コージュ王子の名誉を守ろうとする者ばかりなので、敵対する人々に漏れることはないだろう。

ふたりの関係……。

実を言えば、アリサにもよくわからない。彼女とコージュ王子の関係がいったいなんなのか。もちろん、アリサの気持ちは決まっている。彼女にとって〝幼い大事なプリンス〟は、五年前、〝最愛のプリンス〟に変わった。

だが、この国において、十八歳未満の児童と成年が性的関係を持つことは厳禁とされている。王子に押し切られたとはいえ、二十歳のアリサは十五歳の少年と罪を犯したのだ。

しかもそれ以来ずっと、ふたりは関係を続けている。

コージュ王子が十八歳になり、公務に就くようになったと同時に、アリサの身分は秘書官になった。

身の回りの世話も命じられ、王子の住む宮殿内に部屋まで与えられた。当然のように、セックスの頻度も増えている。

だが何度関係を結ぼうと、コージュ王子は一度もアリサを『愛してる』とは言わない。

『好きだ』とも『大事な人』とも言ってくれない。

『おまえは俺のものだ。いつでも言うとおりにするんだ』

確かにアリサはコージュ王子のものだった。

初めて会ったときから、そしてこれからもずっと。本当に、それだけで充分だと思ってきた。

この日までは……。

＊＊＊

レストルーム付近は天井も低く、通路も狭い。だが、立ち入り禁止の場所から一歩出ると、センターに赤いカーペットが敷かれた大理石の廊下が姿を見せる。そこは天井部分が二階まで吹き抜けだ。廊下とはいえ、充分な解放感が味わえる。

アリサをレストルームに残し、コージュ王子は廊下まで戻ってきていた。左に向かうと舞踏会場だ。ちょうど、王宮楽団の演奏するウィンナワルツが流れてくる。十四人の令嬢がコージュ王子の登場を今か今かと待ち侘《わ》びていることだろう。

彼はため息をひとつ吐くと、舞踏会場に背を向けた。そのまま、裏庭に続く狭い通路に向かって歩き出したのだった。

少し進むと突き当たりに衛兵が立っていた。コージュ王子は軽く微笑み、「少し庭を見たいので、窓を開けてもらえますか？」と声をかける。

「はっ！」

衛兵は敬礼すると、ガラス窓の鍵を開けた。

床面まである両開きのガラス窓が小さな音を立て開く。すると、春の風とともに数片の桜の花びらが舞い込んだ。

今年の桜は早いと聞く。王宮の桜もすでに満開だ。

窓の正面に見える桜の木。そこがアリサと出会った場所だった。あのころは、もっと宮殿の建物から離れた場所にあって、もっと大きな木だと思っていた。

小さな王子にはそう感じたのである。

コージュ王子が生まれたのは四月十一日。例年ならすでに葉桜となり、緑の比率が増える時期だ。しかし、王子の生まれた年は桜の開花が随分遅かったという。

——王子の誕生を待っていたに違いありません。

それは幼いころから幾度となく耳にした言葉。

プリンス・コージュ。漢字では『光樹』と書く。懐妊中に男子と知った王妃が、国王と相談して決めた名前だった。

この国では貴族や一般人の戸籍と、王族の戸籍に当たる王統譜には漢字の名前が登録される。しかし、公的書類のサインはトーキョー王国公用語のひとつであるワシントン語で書くことになっており、漢字は使用されない。

二百年ほど前まで、国民の多数は王室に外国人の血が入るのを拒んでいた。だが今では、他国のプリンセスを妃として迎えるのはごく当たり前のこと。そういった事情から、王族には外国風のセカンドネームと『エインズレイ』のホームネームがつけられることになった。

コージュ王子の場合、外国では『トーキョープリンス、アルフレッド・エインズレイ』

と呼ばれることのほうが多い。

アリサにも漢字がある。光る砂と書いてアリサと読む。

『わたしはアリサ・シンザキ。お父さんが国王陛下のドライバーなのよ』

彼女の言葉を覚えていたコージュ王子は、〝お友だち候補〟の名簿からアリサの名前を見つけ出した。詳細プロフィールの欄に『真崎光砂』の字を見つけたとき、どうしても傍にいて欲しいと思った。

コージュ王子の母ミナミ王妃の漢字名が『光波』だったのも、理由のひとつかもしれない。

（ガキだよな……まあ、六つはガキか）

王子らしくない皮肉めいた笑みを浮かべつつ、心の中で出会ったころのアリサを思い出す。

彼女は見事なまでに、直線的に切り揃《そろ》えられたヘルメットのようなおかっぱヘアだった。ハキハキとした口調で王子を叱りつけ、あろうことか引っぱたいたのだ。

あのときの子犬は、コージュ王子が心を入れ替えて大切に育てた。弟のように可愛がったが、去年の夏、老衰で安らかに眠りについた。

今、あの子犬の子供や孫が盲導犬として第一線で活躍している。犬たちの活躍はとても誇らしく、コージュ王子にとって何よりの勲章だ。

弱いものに鬱憤をぶつけるのではなく、守ろうとすることで王子自身の心の強さが養われた。アリサに叩かれて、彼は変われたのである。

できれば桜の近くまで下りてみたい。

だが、王子が庭に下りれば、警備上の問題が生じるだろう。いつもはそれほど厳しくないが、今日は特別な日だ。招待客を含め、多くの部外者が王宮に出入りしている。

「殿下。庭先に下りられますか？　私が同行いたします」

背後から声をかけてきたのは、コージュ王子専属の護衛官ユキト・ミヤカワ中尉だった。舞踏会場の出入り口で待っていたはずだが、王子が戻らないので迎えに来たらしい。

「ああ、中尉。いや、そろそろ会場に戻らねばならないでしょう。ですが……今年の桜はもう満開ですね。散るのも早そうだ」

「はい。シンザキ秘書官も同じようなことを言っておりました」

アリサの名前が出たことに、王子は足を止める。そして、ミヤカワ中尉の姿を上から下まで、探るように眺めたのだった。

国王や王子専属の護衛官はいずれも王宮親衛隊から選ばれた、優秀な人間ばかりだ。その中でも、ミヤカワ家は代々衛兵を務める家系で、彼の父ミヤカワ大佐も国王専属の護衛官を務めている。

中尉は王子と同じく飛び級で大学を卒業し、十八歳で王宮親衛隊に入隊した。現在二十五歳、十四年前に選ばれた〝お友だち〟のひとりだ。

体軀《たいく》は王子よりひと回りは大きく、武芸全般に秀でている。腰のサーベルも一般の衛兵と違って〝お飾り〟程度の技量で下げている訳ではない。射撃の腕前と合わせて、親衛隊で一番という精鋭だった。

見るからに頼りがいのある大人の男——女性にはモテるというが、不埒《ふらち》な噂は聞いたことがない。

「中尉は、私の秘書官をよくご存じのようだ」

平静そのものに聞こえる声。この王子の声を聞き、棘《とげ》があることに気づくのはアリサくらいだろう。

「子供のころ、シンザキ家とは公務員宿舎が同じ棟にありました。歳も同じで、よく一緒に遊んだものです。王宮に上がるようになったのも同じ時期ですので……。それに、二年前からは殿下のお傍に仕えさせていただくようになったので、話す機会も増えました」

大の男が頰を赤らめながら話すなど、あまりあることではない。

コージュ王子は嫌な予感を覚える。

「それだけではなさそうですね。中尉は随分嬉《うれ》しそうだ。何か、よいことがありましたか?」

「いえ……あの、ご報告するにはまだ早いのですが……。実は、シンザキ秘書官に結婚を申し込みました。お互いの両親も非常に喜んでくれています」

予感が的中したことに、王子の指はかすかに震えた。

「……実に、喜ばしいことですね。しかし、彼女の口から中尉の名を聞いたことはなかった。それも、結婚を意識して交際中の男性がいたとは。私は秘書官に信用されていないらしい」

「それは……その、正式な返事はまだもらっていませんので。責任感の強い女性ですから、公私混同はしたくないと思っているのかもしれません」

ミヤカワ中尉は慌てて言い訳を始める。

迂闊《うかつ》にも私的なことを話してしまい、アリサの秘書官としての信用に傷をつけたのでは、と思ったようだ。

「シンザキ秘書官には長くお世話になりました。幸せになって欲しいと、心から願っているんですよ」

「もちろんです、殿下!」

「結婚後も、ふたり揃って王宮に仕えてくれることを希望します」

「はい。そのつもりでおります」

王子は中尉の幸福そうな笑顔に、作り物の微笑で応えた。

途切れることなく聞こえる円舞曲と、大勢の人々の話し声。兄が三人もいながら……

『王妃の唯一の息子』それは彼にとって、外すことのできない枷《かせ》だった。

＊＊＊

アリサがレストルームから出たところで、上司である首席秘書官のナムラに声をかけられた。

身だしなみには充分気をつけたつもりだが、重箱の隅を突くのが得意な上司だ。アリサの心臓は数センチ跳ね上がる。

「あなたに特別な話があると、カイヤ補佐官がお呼びです。中二階の補佐官室に向かいなさい」

「どういったお話でしょうか?」

〝特別〟の言葉に、跳ね上がった心臓が激しく鼓動を打ち始めた。

コージュ王子との仲を知られたのであれば、それは厳重注意などでは済まないはずだ。間違いなく、アリサは二度と王宮に出入りできなくなる。

必死で表情を取り繕うアリサに、ナムラはヒステリックな返事を返してきた。

「わたくしにわかるはずがないでしょう!?　さっさとお行きなさい」

どうやら首席秘書官にも秘密の内容らしい。尋ねたが教えてはもらえなかったようで、いつも以上に機嫌が悪い。

アリサは頭を下げ、急いで正殿中二階にある補佐官室に向かった。


「八日後の四月九日、ワシントン王国からプリンセスが我が国にお越しになります。メアリ二世女王陛下の第一王女アイリーン殿下です。実はこのたび、アイリーン王女が我が国の王太子妃となられることが内定しました。そのことを踏まえまして、国王陛下はアイリーン王女の夫にはコージュ王子がよかろう、とのことです」

それは国王の首席補佐官ユウジ・カイヤの言葉だった。

カイヤ補佐官は昨秋、三十六歳の若さで首席補佐官に任命された。真面目を絵に描いたような容姿、性格も堅苦しく融通が利かないと言われている。十年前、良家の子女と婚約したが、挙式直前に破談になったという。さまざまな噂が流れているが、どれも興味本位の域を出ていなかった。

「それは……陛下のお心づもりは、コージュ王子に王位を継承させる、という」

「シンザキ秘書官！　これは陛下の私的な呟《つぶや》きです。公式の発言となれば、色々と問題も出て来ます」

驚きのあまり、思わず口をついて出てしまった。そこを鋭く制され、アリサは慌てて頭を下げる。

「失礼いたしました。では、それをわたしにおっしゃったのは……」

補佐官室は閑散としていた。白い壁際にはステンレス製の書類棚が、部屋の中央には事務机が整然と並んでいる。そこには、ごく普通の民間事務所と変わりない光景が広がっていた。

通常は数十人の事務官が勤務している。だが、今日は全員が舞踏会のスタッフとして引っ張り出されていた。わざわざアリサを呼びつけたのも、ここが一番人に聞かれない場所だと思ったからだろう。

ふたりきりの部屋でカイヤ補佐官はアリサから視線を外し、言い辛そうに口を開いた。

「女官たちから聞いた話です。コージュ王子にとって君は、特別な人間らしい、と」

彼の口から出た〝特別〟に、アリサの心臓は二秒ほど動きを止めた。

「それは……どういう意味でしょうか？」

頬を引き攣《つ》らせて、どうにか言葉を紡ぎ出したアリサに、カイヤ補佐官はそれまでと変わらない口調で話した。

「特別は特別です。殿下は幼いころから、君にひとかたならぬ信頼を寄せていた、と。その君に尋ねたいのですが、殿下には……その、俗にいう深い関係の女性がいらっしゃる気配はありますか？」

その質問に、アリサはふたりの関係がばれている訳ではないと知り、ホッと息をつく。しかし反面、頭を抱えた。

正直に答える訳にはいかない。だが、あからさまな嘘も不自然だ。

「そういったことに関しましては……秘書官の個人的な見解を口にすべきではないと思っております。殿下の信頼に、背《そむ》くことにもなりかねません」

アリサの返答にカイヤ補佐官は少し顔を顰《しか》めた。

だが、真面目な彼らしく納得したようだ。

「確かに。君のそういったところが殿下の信頼を得ている理由かもしれませんね。よろしいでしょう。では、この件は君に一任しましょう」

「それは、どの件でしょうか？」

「明日、コージュ王子は陛下よりアイリーン王女の接待役に任命されます。婚約者候補ということは、コージュ王子にも知られてはいけません。さりげなく、おふたりきりの時間が取れるように手配してください」

それはアリサにとって、王子との関係を知られたと思ったとき以上の衝撃だった。秘書官として、コージュ王子のデートを取り仕切れと言われたのだ。

できる限り表情を変えずにアリサはカイヤ補佐官を見る。

わずかでも動揺に気づかれてはいけない。心まで凍りつき身体が震えそうになるのを堪え、アリサは緊張した面持ちで口元を引き締める。

そんなアリサにカイヤ補佐官は、

「殿下はこういったことに不慣れと聞きます。君はもう二十五歳だ。ひと通りのことはご存じでしょう。その点でも、失礼に当たらない程度に助言を差し上げてください。これは陛下のご命令です」

他の人間が口にすれば、セクハラではないか、と抗議したくなるところだ。だが、カイヤ補佐官の真剣な表情から、性的なものは感じられない。しかも〝王命〟だ。

「……承知いたしました」

アリサは歯を食い縛り、静々と頭を下げた。

ワシントン王国——太平洋を挟み、トーキョー王国とは古くから同盟関係にある友好国だ。統治するのは女王メアリ二世。次代は女王の長男プリンス・イーサンが国王に即位する予定だった。

三年前に亡くなった女王の母が、トーキョー王国の王女でハルイ国王の従姉に当たる。そういった縁からも、王太子妃にはワシントン王国の王女を、との声が両国民の間で上がっていた。

アジアの島国、小国に過ぎないトーキョー王国だが、過去、世界規模の大戦では負け知らずだ。現有戦力もワシントン王国に次いで世界二位に位置している。

両国が共同で掲げるスローガンが——

『地球上から戦争をなくそう。子供たちのために、恒久なる平和を！』

局地的な規模での紛争は絶えないが、戦争と呼べるものはここ半世紀存在しない。

強大な軍事力を持てば、試してみたい欲求に駆られるのが人間だろう。だが、二国間の強力なタッグが、その抑制に貢献していた。

両国の友好は何がなんでも保たねばならない。

それは王室に生を享けた者の使命だった。


トーキョーシティの中央に巨大な森がある。

王宮の周囲を歩けば、そんな錯覚に囚われそうになる人も多いだろう。外周は最大幅約五十メートルの堀で囲われており、堀に沿うように松の木が植えられている。そのため、堀の外側から王宮を眺めると、緑豊かな自然公園にも見えた。

王宮正門前にかけられた橋を渡り、その閑静な森をくぐり抜けると、そこにはパリ王国のルーブル美術館を思わせる巨大な宮殿が姿を見せる。

正面に位置する正殿で舞踏会や晩餐会を行う。内部は二階までの……場所によっては四階に相当する高さまで吹き抜けになっている。

正殿内には王宮の各部署の事務室があり、多くの事務官や各専門官がそこで働いていた。この正殿は、事前に申請して許可が下りれば一般人でも見学可能な場所だった。

正殿の真裏、木立を挟んだ場所に奥宮《おくのみや》と呼ばれる建物がある。そこが国王のプライベートゾーンだ。警備も厳重で、誤って踏み込めば即逮捕は免れない。逃げようとすれば、問答無用で発砲が許されている。そのため、奥宮の護衛官は王宮内で拳銃の携帯が許可されていた。

奥宮の裏手には、ふたたび森が続く。その森を中心に東の宮、南の宮、西の宮、北の宮が建てられていた。

そのうち三つは二十二年前、三人の側室のために作られたものだ。

現在では、北に第一王子が、南に第二王子、西に第三王子が住む。王子らが幼いころは側室の女性たちもそこに住んでいたが、今はそれぞれの実家に戻っていた。

この国では、東は春を意味し王太子のことを指す。王妃に気遣った国王が、当時、東に宮殿を建てることを許可しなかった。しかし、王妃も王子に恵まれ……。亡き王妃のために国王は東の宮を建てた。そして第四王子に与えたのである。

それが今から十九年前のこと。コージュ王子は満一歳を迎える前に、父と離れて暮らすようになった――。

暗い森を見ているとさまざまなことが頭に浮かんでくる。アリサは複雑な思いを抱えたまま決められた道を歩き、正殿から東の宮に戻った。

のんびり歩くと二十分もかかる道のりだ。そのため、コージュ王子と一緒のときは車を使うことも多い。

時間は深夜の一時を回っている。一般道なら、若い女性のひとり歩きは危険な時間帯だが、ここは仮にも王宮の敷地内。深い森に見えてもちゃんと整備されており、各所に監視カメラが設置されていた。

東の宮の灯りが見えた直後、アリサの視界が一気に開けた。

外壁はレンガ造りに見えるが、れっきとした鉄筋コンクリートの建物である。王宮に合わせた気品ある優雅なデザインだが、実際は地震の多いこの国に合わせた耐震構造だ。

東の宮は四階建て、四階フロアはすべてコージュ王子の私的スペースである。決められた女官とアリサ以外は、護衛官といえども立ち入り禁止になっていた。

アリサは重い身体を引きずるように、玄関前の石段を上がる。入り口で身分証をセンサーに翳《かざ》すと、鍵の開く音が聞こえた。同時に、手荷物検査用のベルトコンベアが動き始める。アリサは無意識のままバッグを乗せ……彼女のバッグだけが先に館内に入って行った。

焦点の合わない目で、アリサがそれを見送っていると、『アリサ、どうした？　鍵は開けたぞ』インターホンの応答口からミヤカワ中尉の声が聞こえた。

アリサはハッとしてドアを押し開け、中に入った。

「随分疲れてるようだな。……大丈夫か？」

今夜の警備担当である彼はドアのすぐ内側で待ち構えていて、心配そうにアリサの顔を覗き込んでくる。

「ん、大丈夫。祝賀行事が終わって……ホッとしたら気が抜けちゃった」

幼なじみの気安さからか、アリサは柔らかい笑顔を返した。

「無理するなよ。おまえ、妙なところで責任感が強くて、限界超えて頑張るからな。身体壊すぞ」

「妙なって……失礼ね。平気よ、だってまだ若いんだから」

「二十歳のプリンスには敵わないさ」

何気ないミヤカワ中尉の言葉に、アリサはドキッとする。中尉が気づいているはずはないのだ。もし気づいていれば……。

「あの、さ……こないだの話なんだけど」

「あ、ユキちゃん、ゴメン。イベントは終わったけど、殿下の誕生日までは気が抜けないの。だから、それからじゃダメ？」

「いやっ、もちろん、全然かまわない！　ゴメンな。なんか急《せ》かして」

ミヤカワ中尉は照れた様子で頭を掻いた。

半年前にミヤカワ中尉から交際を申し込まれた。そのときはアリサもすぐに断った。しかし、仕事が理由なら待つから、と言われてしまい……。

コージュ王子との関係も、王子に対する思いも口にできない彼女は、うなずかざるを得なかった。

それ以降、数回デートをしている。もちろん、セックスどころか、キスもない。今どきありえないほど、食事と散歩だけのデートを繰り返していた。

そして今年に入ってすぐ、結婚を言い出したのはミヤカワ中尉ではなく、双方の両親だった。

昨年末、母親同士が街中で偶然再会。それがきっかけとなり、今年の正月、アリサの両親がミヤカワ家に招かれた。そのときに、親だけで盛り上がってしまったらしい。

後日、中尉がプライベートでアリサと会っていることを口にしたため、親たちは〝結婚を前提とした交際中〟と思い込んでいる。

すぐ下の妹からその話を聞いたとき、アリサは啞然とした。

一緒に否定してもらおうと急いで中尉に連絡を取るが、アリサの思惑と違って彼はとんでもないことを言い始めたのだ。

『ついでと言ったら言い方が悪いけど……。これも何かの縁というか……俺は、そうなって欲しいと思ってる』

それはアリサの人生で、初めてのプロポーズだった。

ことが結婚となると、理由もなく断ることは難しい。世間一般で言うなら、二十五歳で結婚は早いほうだろう。だが、代々王室に仕える家系においては身持ちの堅さが重要視されるため、そう早くもなかった。

親衛隊の中でも王子担当の護衛官はまさに出世頭。年齢的にも条件的にも、アリサにとっては申し分のない結婚相手だ。

アリサに打算はない。だが職業と同じで、将来はシンザキ家と同じく代々王室に仕える家系の人と結婚するんだろうな、と子供のころから思ってきたのも事実。

だとしたら――。

（潮時なのかもしれない。殿下の婚約後も、こんな関係は続けられないし……）

エレベーター前に立つ衛兵に会釈をして、アリサは四階直通のエレベーターに乗った。

扉が閉まる寸前、親指を立てて笑うミヤカワ中尉の顔が目に映る。反射的に彼女も微笑んだが、上手く笑えたかどうか……アリサには自信がなかった。

四階フロアに着くと電子音が鳴り、数秒後エレベーターの扉が開いた。

その瞬間、アリサは腕を摑まれ、フロアに引っ張り出された。そしてそのまま、壁に押しつけられる。

「こんな時間まで帰って来ないなんて、わざとだろう？　俺がおまえを逃がすものか」

コージュ王子の声が耳元で聞こえた。アリサが顔を上げると、そこには獲物を見つけた肉食獣の瞳があった。

容赦ないキスが彼女を襲う。王子の熱が唇を伝って彼女の身体に流れ込んでくる。

——ここは廊下です。せめて部屋に戻ってシャワーを浴びて、着替えてからお部屋に伺います。

そんな言葉が胸に浮かぶが、王子は声にする時間も与えてくれない。

熱は唇だけじゃない。触れた場所から発火しそうなほど、彼の全身が燃え盛っていた。それが嫉妬の熱であるなど、このときのアリサにわかるはずもなく。

「殿下……ここじゃダメ……です。女官が上がって来たら……」

息も絶え絶えのアリサの抗議を受け入れ、コージュ王子は彼女を抱き上げた。

「俺は別にかまわない。でも、おまえがそう言うなら……部屋まで我慢してやる」

薄暗い廊下を、コージュ王子は彼女を抱いたまま、飛ぶように走った。

アリサの部屋は、エレベーターを降りてすぐ、四階の一番手前に位置している。六畳程度の簡易キッチンと十畳程度の洋室、クローゼット、バス、トイレ、バルコニーまである、ひとりで暮らすにはもったいないほどの広さだ。

アリサの部屋の隣が予備室で、その隣が王子の公務用クローゼット。軍服も用途に応じて数種類、その部屋に収納されていた。

そして廊下の突き当たりが、コージュ王子の私室である。

重厚な両開きの扉を押し開けると、白の壁紙が目立つ六畳程度のエントランスが広がる。隅に秘書官用のテーブルと椅子が置かれ、中央にはロココ調の花台がひとつ。そこに飾られているのは、友好国ブラジリア王国から二十歳の誕生祝いとして贈られたブラジリア国花――胡蝶蘭《こちょうらん》。

大輪の花はあでやかなピンクの花弁を揺らし、まるで蝶が舞うかのようだ。

このとき、アリサはすでに王宮内で着替えを済ませていた。

後片づけを手伝うのに、イブニングドレスでは動き辛い。今の彼女はいつもどおり、紺のスーツ姿だった。

肩より少し長めの髪は、真っ黒というより焦げ茶に近い。邪魔にならないよう、左右からすくい上げてバレッタで留めている。アクセサリーはすべて外し、今は腕時計もつけていない。化粧も一度落としたので、サッと塗り直した口紅とファンデーションくらいだった。

一方、コージュ王子はシャワーを浴びたらしい。アリサがいないのでどうやら自分で身体を拭いたようだ。上は黒のTシャツを着ているが、下は黒のボクサーパンツのみ……しかも裸足だ。

「殿下……また、裸足で出歩かれて。もし、怪我などされたら」

室内だけならともかく、廊下は裸足で歩いて欲しくない。その思いからアリサがいつも口うるさく言うので、最近では小言を言われる前に靴下を脱いでしまっている。

女官の前ではいい子に振る舞う王子も、アリサだけになると、途端に我がまま王子に変身する。小さなころは可愛いだけだったが、成長してからは困ることが多く……。

エントランスからリビングに入るなり、アリサはついそんな小言を口にしてしまった。

すると、てきめんコージュ王子はムッとした表情になり、

「俺の足なんか、気にならなくしてやるよ」

暖炉の前にアリサを下ろすと、いきなり押し倒した。

床に敷かれているのは、ペルシャ絨毯の中でも最高級といわれる遊牧民の手で織られた一点物のギャッベ。ふかふかの肌触りは、年数を経ても衰えることのない極上品だ。

そのギャッベに顔を押しつけられ、アリサはうつ伏せになる。

次の瞬間、布の引き裂かれる音が室内に響いた。

王子の手が、ついさっき穿《は》き替えたばかりのパンティストッキングを破ったのである。

直後、王子の指がショーツの隙間から差し込まれ、膣の中を乱暴に掻き回し始めた。

「あ……い、痛……殿下、待って」

アリサは身を捩《よじ》って逃れようとするが、王子は覆いかぶさるように耳元でささやいた。

「どうしてすぐに戻って来ない？　そんなに、俺に抱かれるのが嫌か？」

その切なく苦しげな声に、アリサの胸は押し潰されそうになる。

「違い……ます。仕事で」

コージュ王子が王太子に選ばれたら、アイリーン王女との婚約は避けられない。

この館は東の宮ではなく、王太子の宮殿に様変わりすることになるだろう。女官の数は増え、専属の侍従も付けられる。

今は王子の身の回りの世話までアリサがしているが、王太子となればそうはいかない。

館内、しかも四階に与えられたアリサの部屋は、階下に移るか通いになるはずだ。

これまでの生活のすべてが変わる。

アリサにとって、それを受け入れるのは容易ではなかった。

「なぜ黙る？　アリサ……五年前は俺だけのものだった。今はもう違うのか？」

「いいえ……殿下だけです」

「それが嘘なら、ただじゃ済まさない。おまえを抱いた男は——俺が殺してやる！」

乱暴な指使いとはいえ、それはしだいにアリサの身体に変化をもたらした。

昼間、彼女の身体に点けられた火が、ふたたび煽《あお》られ炎を見せ始める。指を押し込まれ、絶妙なリズムで抜き差しされるうちに、喉の奥から淫らな声が漏れ出てしまう。

「はぁうっ！　う、嘘なんて……ああっん、わたしはっ」

「もう、欲しいんだろ？　レストルームでもぐっしょりだったもんな。あのあと、自分で慰めたのか？　ほらっ、答えろよ」

「そ、んな……ああっ、してません。自分では……あふぅっ」

二本目の指が膣の中に侵入した。

内側が一杯になる。肉壁が擦れて、アリサは腰を浮かせ、熱く熟れた部分を王子の指に押しつけてしまう。

「中に入れてくださいって言ってみろ。でなきゃ、昼間みたいに放り出すぞ」

休憩室では本当に辛かった。濡れたショーツのいやらしい感触が官能の呼び水となり、火照った部分がいつまでも冷めなかった。

とうとう我慢できず、ドレスを脱いだときに下着も予備の物に穿き替えたのだ。

「殿下……殿下が欲しい！　……入れて……ください」

アリサが切羽詰まった声で叫んだ瞬間、押し込まれた指が抜かれた。代わってショーツの隙間から、王子の熱い欲望が彼女の身体に突き刺さった。背後から貫かれ、アリサはペルシャ絨毯を鷲《わし》づかみにする。

「ああっ！」

それはずっと待ち望んでいたものだった。

鋼のように硬く、炉に入れられたばかりの鉄のように熱い。突き立てられた王子のサーベルは、アリサの身体をトロトロに溶かした。

「凄い……ヌルヌルなのに、俺のコイツに吸いつくようだ。あんまり、締めるなよ。長く持たないぞ」

王子にグイと腰を引き上げられた。アリサは絨毯に膝を立てて、お尻を突き出す姿勢だ。衣服をすべて身に着けたまま、ショーツの隙間から押し込まれている。

今の自分姿を想像するだけで、アリサはとんでもなく恥ずかしい。

だが、その羞恥心が彼女の中をさらに潤した。

「……っく。おまえ、この姿勢が気に入ったのか？　今、この中がピクピク引き攣ってる。まずは、一発目だ」

耳のすぐ後ろで王子の声が聞こえた。

その直後、王子の動きは激しくなり、剣先が弾け飛ぶ感触とともに、アリサの最も深い部分に奔流が注ぎ込まれた。


アリサはぼんやりと、天井のシャンデリアを見ていた。

いつの間に脱がされたのだろう。ふたりとも一糸纏《まと》わぬ姿だ。しかも、背後からうつ伏せで抱かれていたはずが、どういう経緯を辿《たど》ったのか、アリサはコージュ王子の上に仰向けで寝転がっていた。

「あ、あの……殿下、申し訳ございません」

「動くな。そのままでいろ」

ふたりの間には一ミリの隙間もなく、アリサは王子にすべてを委ねる格好だ。

「でも、重いでしょう?」

恐縮しながら尋ねるが、王子のほうは憮然《ぶぜん》として返してきた。

「俺はいつまでも十五のガキじゃない。おまえが乗ったくらいでどうってことはない」

「でも……」

「黙れ」

「……はい」

情熱的に求められ火照った肌が、少しずつ正気に戻っていく。落ちつきを取り戻したふたりの呼吸が、静寂の中に溶け込んでいった。

心が現実へと戻る寸前、アリサはこの世界にふたりだけのような錯覚に襲われた。身分も年齢も関係なく、このまま寄り添っていられたなら……。

その儚《はかな》い夢を断ち切るように、暖炉の前に落ちたアリサのバッグから携帯メールの着信音が聞こえてきた。

アリサは無視したが、コージュ王子は気になったらしい。彼女の下から手を伸ばし、バッグの中を探って引っ張り出した。

待ち受け画面には、新着メールのマークとミヤカワ中尉の名前が光って見えた。

「勤務中にサボリやがって」

コージュ王子は文句を言いながら携帯のボタンを押し始める。

「殿下！　勝手にメールを見ないでください」

「見られたら困るのか？」

一瞬、返事に詰まるが、

「中尉に、失礼じゃないですか？　王子とはいえそんな権利は……」

「ある！」

こうもキッパリと言い切られては、アリサには反論できない。

――今日はお疲れ様でした。本当に無理しないように。何かあったら、俺でよかったら相談に乗ります。じゃ、おやすみ。ユキト――

「泣かせるメッセージだな。礼くらい言ってやったらどうだ？」

「明日言います。もう返してください」

アリサは身体を起こしコージュ王子から離れた。四月の初めは花冷えの時期だ。ひんやりとした空気を感じ、アリサは小さく身震いする。

コージュ王子の持つ携帯にアリサが腕を伸ばした瞬間、ピッピッ……とボタンのプッシュ音が聞こえた。

「で、殿下？　いったい誰にかけてるんですかっ⁉」

「決まってる。明日と言わず、今、言えばいい」

数回のコール音の直後、携帯電話からミヤカワ中尉の声が流れた。

アリサは軽いパニックに襲われる。彼女自身は全裸で、しかも隣には同じく全裸の王子がいるのだ。この状況で、自分にプロポーズしてくれている男性に、なんと言えばいいのだろう。

戸惑うアリサに携帯を突きつけ、早く出ろ、と王子は口を動かした。

「あ……あの、わたしです」

『ああ、番号でわかった。まだ起きてたんだな。わざわざかけてくれなくてもよかったのに』

「ええ、あの……メールありがとう。でも、本当に大丈夫だから、心配しない……で……あ」

アリサが仕方なしに携帯に出た途端、コージュ王子は彼女の膝を摑み、左右に開いた。そのまま、容赦ないキスが彼女の内股を責め立てる。

『アリサ？　どうした？　何かあったのか？』

ふいに言葉を切ったアリサを案じた声色で、ミヤカワ中尉は尋ねてきた。だが、とても口を開ける状況ではない。

王子の唇は柔らかくほぐれた花唇に辿り着くと、これまで以上に執拗《しつよう》な愛撫を繰り返した。何度も絶頂を迎えて敏感になった花芯を舐め上げ、音を立てて吸いつく。その音はアリサの耳に大きく聞こえ、携帯電話の向こうまで届かないかとヒヤヒヤする。

間違っても喘《あえ》ぎ声だけは聞かせられない。そう思ってきつく唇を嚙み締め、アリサは必死で我慢した。

『アリサ？　アリサ？』

携帯電話からは、しだいに逼迫《ひっぱく》する中尉の声が流れてきた。

「また溢れてきた。際限なしだな、いつからこんないやらしい身体になったんだ？」

下腹部から笑いを含んだ王子の声が聞こえる。

その吐息さえ、今のアリサには拷問だ。

「……ごめんなさい。もう寝るから」

アリサは電話に向かって叫ぶと、中尉の返事も聞かずに切った。

直後、

「いやぁ……あ、あぁ、もう……ダメェ！」

部屋中に響き渡る嬌声《きょうせい》を上げ、アリサは両脚を突っ張った。

身体の奥から熱い液体が溢れ出す。止めることもできず、与えられるまま悦びに身を委ねる。しとどに濡れそぼる場所が疼《うず》いて、アリサの腰はしばらくの間、揺れたままだった。

少しして、やっと快楽の波が引いていく。

「なんだ、電話は切ったのか？　奴にイクときの声を聞かせてやればよかったのに」

口元を拭いつつ、王子はアリサの下腹部から顔を上げる。

「そんなこと、できるはずないじゃないですか!?　殿下……酷いわ、こんなこと」

涙声でアリサは責めるが、コージュ王子は無視した。

彼女が摑んだままの携帯を取り上げ、さっき届いたメールだけでなく、ミヤカワ中尉の登録自体を抹消する。

「酷い？　礼を言う手間を省いてやったんだ。ありがたく思え。――これで番号は不要だな」

「ま、待ってください……中尉とは、仕事で連絡を取ることも……」

「取らなくていい！　いや、取るな。二度と俺のいないところで奴と会うんじゃない」

「……殿下、でも……きゃ！」

猛りが蜜壺の入り口に添えられ、ジュプリと音を立てて差し込まれた。ゆっくりと沈み込んでいく感触にアリサは背中を反らせる。

王子を体内に受け入れた瞬間、頭の中が真っ白になった。

(今だけ……もう少しだけ……わたしだけの殿下でいて……)

秘書官の自分に課せられた仕事を、もう少しだけ忘れていたい。

そんなアリサの耳に王子の艶めかしい声が聞こえた。

「アリサ、足りなかったらいくらでも、俺がおまえの身体を満たしてやる」

甘い蜜を外へ押し出しながら、塊が奥へと滑り込む。

重ねられた唇を貪るように求められ、アリサも長くしなやかな下肢を王子の腰に巻きつけた。

今夜だけ――そんなリサの思いが通じたのか、この夜のコージュ王子はいつもとは違った。

恐ろしいほどの情熱を持て余し、朝方までアリサを眠らせてはくれなかった。

第二章　恋する王子

『ご身分が低いばかりに、お優しかった王妃様がお気の毒でなりません』

『お子様が王太子に立たれたら、王妃様も報われますのに』

『それは……難しいかもしれませんわね。お三方のご実家に気を遣われて、どなたも後ろ盾になろうとはなさいませんもの』

『素晴らしい王子様に育たれることが、陛下にとってせめてもの慰めでしょうね』

物心ついたときから、何度も何度もコージュ王子が耳にしてきた言葉だ。

周囲の大人たちに悪気がある訳ではない。不憫《ふびん》な王子を見るたびに、言わずにはいられなかったのだろう。

そんなコージュ王子にとって、唯一、心を許せる相手がアリサだった。

最初は週に三度、学校が終わると通ってくるアリサを待ち侘《わ》びた。そして王子が初等科の高学年になったころ、それは彼の希望により、ほぼ毎日となる。しかも、休日までアリサを王宮に呼びつける日も多くなった。

そのころになると、コージュ王子は知恵が回るだけでなく、駆け引きも覚え始める。

表面的には、穏やかに微笑みつつ、

『残念だなぁ。アリサが来ないのなら、勉強が進まないから……国王陛下主催の食事会には出られそうにないや』

そんな理由をつけては、女官たちを困らせた。

東の宮の女官たちは王妃付きであった者がほとんどだ。亡き王妃に忠誠を誓っていた彼女たちは、コージュ王子を『次期王太子に』とアピールしていた。

そんな女官たちにとって、時折見せるコージュ王子の我がままは、決して外部に知られてはならない極秘事項だった。

困った女官たちはアリサに連絡を取る。

『もうっ！　ちょっと、殿下。わたしにもやりたいことがあるんですからねっ』

王子が呼び出すと、アリサは文句を言いながらも必ずやって来た。

だが彼が十一歳のとき――自分の言うとおりにしないと、叩《たた》いたことをばらしてアリサの父をクビにするぞ、と言ってしまった。

もちろん本気ではなかったが……。アリサは顔を真っ赤にして怒り、泣きながら帰ってしまった。

それには王子自身が慌てた。

アリサはコージュ王子を褒めてくれる。アリサの三歳下の妹より、王子のほうが断然かしこい、と言ってくれるのだ。王子は気をよくして、できることを次々とアリサにして見せた。どんなに頑張っても褒めてはくれない父や、褒めることのできない母のためではなく。王子はアリサのために、頑張り始めたのである。

もっとアリサに褒めて欲しい。もっとアリサを独占したい。もっと自分に縛りつけたい。そんな思いが強過ぎて、出てしまった言葉だった。

しかし、次の日からアリサは病気を理由に来なくなる。

それはコージュ王子には耐えられないほどのショックで、彼はとうとう熱を出して寝込んでしまったのだ。

病気のときほど、心細さを感じることはない。だが、女官たちが口にするのは王子の心配ではなく……。

『王子に何かあれば、王妃様に合わせる顔がありません』

『私どもの不手際を咎《とが》められるかもしれません。なんとしても早くよくなっていただかなくては』

しかし熱は下がらず、三日以上学校を休むと、

『ひ弱な王子では、王太子に相応しくないと思われかねませんのに』

そう言って責められた。

熱に浮かされて見た夢の中、アリサは泣いていた。

悲しくて、コージュ王子も一緒に泣いた。アリサの名を呼び、何度も「ゴメン」と謝った。

彼が目を覚ましたとき、アリサはヘルメットのような黒髪を揺らしながら、半泣きでベッドの横に座っていたのである。

『わたしの風邪が移ったのかも、ごめんなさい』

その言葉を聞いた瞬間、コージュ王子の瞳から涙が溢《あふ》れ出た。

『熱が出たのはアリサのせいだ！　アリサがいなくなったら僕は死ぬんだ。アリサは絶対にいなくなったらダメなんだーっ！』

――アリサがいなければ生きていけない。

十一歳のコージュ王子は十六歳のアリサに抱きつき、恋を自覚したのである。

「あら？　殿下、身体が熱くありませんか？」

アリサはコージュ王子のネクタイを結んだ直後、そんな声を上げた。

指先が王子の首筋を掠《かす》めただけで、身体の異変を感じ取るのだから、彼女の秘書官としての仕事ぶりも相当年季が入っている。

「いや。とくに喉も頭も痛くはない」

「でも熱く感じます。すぐに連絡して、御典医《ごてんい》に来ていただくよう手配いたします」

式典から一週間後の日曜。大学はまだ春休み中だ。

この日、コージュ王子は公務でトーキョー競馬場に行く予定だった。同競馬場で行われる三歳牝馬《ひんば》のＧＩレース『桜華賞』を観戦するためだ。

王国内で行われるギャンブルはすべて国営だった。

二十一年前、三人の王子が誕生したとき、三歳牡馬《ぼば》の三冠レースにプリンスの名前がつけられた。ところがその翌年、四人目の王子が誕生してしまい……牝馬のレースではあったが、『桜華賞』に〝プリンス・コージュ杯〟の呼び名がつけられたのである。

中等科のころから毎年、優勝杯を賜与《しよ》するため、コージュ王子は競馬場に赴いている。

さほど面白味のない公務の中、競馬場観戦は楽しめるほうだ。

レースは王室専用ブースで観戦し、終了後、ウィナーズサークルで優勝馬の表彰と写真撮影を行う。簡単で面倒な作法がないところがいい。

だがそんな理由とは別に、王子はこの公務を毎年心待ちにしていた。なぜなら……専用ブースではアリサとふたりきりになれるからだ。

アリサにそれを言っても『いまさら、そんな……』と小首を傾げて笑う。どうやら、彼特有の冗談だと思っているらしい。

だが、東の宮の自室以外では手を繋《つな》ぐことも許されないふたりだ。

舞踏会の途中、王宮正殿のレストルームではふたりきりになれたが、あくまで偶然で計画はできない。コージュ王子にとって、この公務だけは特別だった。

携帯電話で医官に連絡を取ろうとするアリサを、彼は後ろから抱き寄せた。

「きゃ！　殿下……何をされるんですか？」

「なんでもないって言ってるだろ。余計な奴を呼ぶな。邪魔だ」

「ですが……。明日から、陛下のご命令で大事な公務が入っておられます。今、お風邪など召されては」

「昨夜、バスルームでおまえと遊び過ぎただけだ。だから、今夜はベッドの上で我慢してやるよ」

夜のことを口にすると、アリサはすぐに真っ赤になる。五年前からその点はあまり変わらない。

あのときアリサは二十歳だったが……お互いが初めての相手だった。それを知ったとき、彼はたとえようもなく嬉《うれ》しかった。

初体験のことは思い出すだけで下半身が熱くなる。コージュ王子にとって、人生が孤独ではないと知った瞬間だった。

「アリサ……上を向けよ」

確かに熱があるのかもしれない。

あの式典の夜以降、コージュ王子の身体は飢えたようにアリサを欲しがる。勃ちっ放しと言っても過言ではなかった。しかも今、ふたりがいるのは、窓もなければ人目にもつかない場所。

寝室の一番奥にあるクローゼットでふたりは唇を重ねた。

アリサはいつも薄い色の口紅しか塗らない。もちろん、公式行事でドレスや民族衣装を着るときは別だ。それはすべて、王子のキスを予測してのことだろう。

コージュ王子は、そのしっとりとした感触を味わうように、唇を強く何度も押し当てた。

左手が自然に彼女の胸に移動し、白いブラウスの上からゆっくりと揉《も》みしだく。思ったとおり、ブラジャーはシルクでパットの入っていないタイプだ。衣類の上からでも、手の平に受ける感触が素肌のように柔らかく、王子のお気に入りだった。

唇を端から端までなぞり、舌先を割り込ませる。最初は抵抗する入り口をこじ開け、口《こう》腔《くう》内にスルリと滑り込む感覚――それはまるで擬似セックスのようだ。

さらに進もうとしたとき、アリサがコージュ王子の胸を押した。

「もう……時間が」

彼女の言葉に時計を見る。

「クソッ！　こんなもんで満足できるかっ！」

出発予定時刻まで残り十分、それに気づき、王子は悪態をついた。

公務には行きたい。だが、この先まで続けたいのも本心だ。微熱で風邪と診断が下れば、公務は取りやめとなる。

――部屋で一日中アリサと一緒にいられる。

その誘惑に引きずられそうになった瞬間、『公務を休まれるなんて』という女官の小言が聞こえた気がして、コージュ王子はサッと身を引いた。

「殿下、本当に大丈夫ですか？　殿下に何かあったら……」

「女官たちがおまえをいびるのか？　それとも、あの首席秘書官が怖いか？」

「そんなことはどうでもいいんです。殿下に大事がなかったら、わたしはそれで。五年前の事故のときは、心臓が止まりそうになりました」

「ああ……そうだな」

五年前、トーヤ第一王子が大怪我をした事故……その車にはコージュ王子も同乗していたのである。


コージュ王子が十五歳で王立大学に入学した直後、事故は起こった。

トーヤ、コージュ両王子を乗せた自動車に、大型トラックが突っ込んだ。時速百キロを超すスピードで爆走する二十トンクラスのトラックは重戦車並みのパワーがあった。

一方、王子たちが乗っていた車両は、銃撃や爆発物には備えのあるVIP専用車両。とはいえ、こういった事態は想定しておらず……。

トラックは数台の警察車両と護衛車両を弾き飛ばし、ふたりの王子を乗せた車両を巻き込みハイウェイの壁に激突。トラックの運転手は即死だった。

車両は盗難車、運転手は身元不明で犯行声明もなし。そのため、この一件は〝不幸な事故〟として扱われたのである。

重傷を負ったトーヤ王子は、一時は重体とまで言われた。その後も、専属の医師団が命に別状なく回復に向かっていると声明を出すだけで、この五年間、北の宮に籠もったままだ。

父王が内々に北の宮を訪れたり、ヤマト公爵家の人間が出入りしたりしているようだが、コージュ王子には兄の様子が全く伝わってこない。

アリサも何も知らないらしく、

『下々の間では、お顔に傷が残られたとか、後遺症で歩けなくなられたとか、そんな噂《うわさ》が流れております。王宮内では……口にしてはいけないことになっておりまして……』

尋ねてもこんな答えが返ってくるばかり。トーヤ王子の件は箝口令《かんこうれい》が敷かれており、どうやら〝王命〟のようだった。

事故から一年が過ぎ、長兄の身を案じたコージュ王子は北の宮に忍び込むことを計画する。だがその直前、トーヤ王子直筆の手紙が届き、侵入を思いとどまった。

――全快したら、必ず会いに行く。私を信じて、騒がずに待っていて欲しい。

そんなふうに書かれていては、強引に顔を見に行くことなどできない。

三人の兄たちはコージュ王子を可愛がってくれた。それぞれの母親たちはお世辞にも仲がよかったとは言えないが、王子たちは別だ。

ただ、王子たちが全員成人することで、ここまで先送りしてきた王太子もいよいよ決定間近な様相を呈してきた。そのせいかトーヤ王子はともかく、クロード第二王子、シオン第三王子の態度がどうもよそよそしい。

そして事故の話題が上がるたび、

『あれほどの大事故に遭いながらかすり傷程度で済むとは、コージュ王子には神のご加護がある』

『あれこそ王の片鱗《へんりん》だ』

といった内容が繰り返しテレビや週刊誌で報道され……。

コージュ王子を持ち上げることで、トーヤ王子の回復状況から話題を逸らすことになる。王室報道官からそんな説明されては、そういった報道を控えさせてくれ、とは言えない。兄たちとの溝が広がることにコージュ王子は我慢するよりほかなかった。

事故が起きたのは、ふたりが結ばれて間もなくのころだった。アリサはコージュ王子の無事な顔を見るなり、泣きじゃくって大変だった。

コージュ王子が外出する場合、圧倒的にアリサを同行しているケースが多い。彼女と一緒のときでなくてよかったと、王子は心の底から安堵《あんど》した。

事故がきっかけとなり、王子は射撃や剣術、体術などあらゆる自衛手段を体得した。それだけでなく、機械工学から電子工学、果ては爆弾処理まで学んだのである。

自分だけではない。常に自分とともにいるアリサを守らなければならない。親衛隊や警察官、専属護衛官が守るのはコージュ王子だ。だが、万一のときにアリサを守る人間は誰もいない。いや、彼女なら逆に、王子を守ろうとするだろう。

いつまでも、守られるだけの少年ではいたくない。

それはコージュ王子の切なる願いだ。

五年前のことを思い起こしていたとき、ひんやりしたアリサの手が、コージュ王子の額に当てられた。

酷く心配そうな、子供のころと変わらぬ大きな瞳が彼を覗《のぞ》き込んでいる。焦げ茶色の髪はしっかりと結い上げられ、襟足の後れ毛がなんとも言えず色っぽい。

王子はアリサの手を摑《つか》み、

「大丈夫だと言ってるだろう――それとも何か？　公務をキャンセルして、俺に可愛がって欲しいのか？」

「違います！　もう、勝手にしてください。倒れたって看病しませんからねっ」

アリサは少し怒っていて元気があるほうがいい。

そんな彼女を見たいがために、わざと我がままを言うコージュ王子だった。

＊＊＊

王宮を出てトーキョーシティを西へ――ハイウェイを車で三十分ほど走るとトーキョー競馬場がある。

このトーキョー王国は十個の州に分かれていて、首都トーキョーシティはカントウ州に属する。他の州にも競馬場はあるが、基本的に大きなレースはここトーキョー競馬場で行うルールになっていた。

キャデラックベースのストレッチリムジンが、競馬場正面ゲート前に横づけされる。

後部座席ドアの左右に護衛官が立ち、その中央にコージュ王子が降り立った。周囲にはロープが張られ、警察官が数メートル置きに配置されている。物々しい警備の中、一般市民からは一斉に拍手が湧き立った。

王子はいつものように穏やかに微笑み、手を上げて丁寧に国民たちの歓迎に応えた。

(本当に大丈夫かしら？　明日はプリンスセスを空港まで出迎えなくてはいけないのに)

アリサは王子と反対のドアからソッと車を降りる。そのまま護衛官の後方を通り、王子の進む前方に先回りした。

今日の公務も年に一度の大事な行事だ。〝プリンス・コージュ杯〟に王子自身が出席しなければ、色々言われることは目に見えている。

コージュ王子は間もなく二十歳。これまで以上に王族としての責任が重くなってくる。それだけではない。国王をはじめ王室関係者はコージュ王子の苦悩に気づかないまま、今度は王太子にしようとしているのだ。

彼は笑顔で武装し、課せられた責任を懸命に果たしてきた。亡き王妃のことを思えば、王太子に選ばれることは悲願だっただろう。だが次期国王となれば、その努力を一生続けていかなければならない。

アイリーン王女はそんな王子の心を癒やし、守ってくれる女性だろうか……。

そこまで考え、アリサは小さなため息をつく。

（わたしが心配することじゃないんだわ）

彼女は首を左右に振り、奥歯を噛《か》み締めた。

明日、王子の婚約者候補であるアイリーン王女が来訪する。王女をエスコートして空港から王宮に戻り、午後はコージュ王子が王宮内を案内する予定だ。

どこに行くより、王宮の敷地内のほうがカメラを向けられずに済む。マスコミはある程度規制ができる。だが、一般市民からカメラを向けられたら……。コージュ王子のこと、笑顔で応じ続けるだろう。

今回はふたりきりの時間が取れるようにしなくてはならない――それが王命だ。

アイリーン王女は現在十八歳。髪は緩くカールしたブルネットで、母親のメアリ女王によく似ていた。瞳はアクアマリンのような透明なブルー。さまざまな民族の美点が混じり合った、独特な美しさと気品が垣間見える。何より、二十歳の王子にお似合いのプリンセスだった。

翌日はトーキョーシティ近郊を案内する。大まかな日程はカイヤ補佐官をはじめとする関係各庁に連絡済みだが、詳細は極秘だ。秘書官のアリサと近衛部隊の一部のみが知っていた。

アイリーン王女の歓迎レセプションは十一日。それはコージュ王子の誕生パーティと合同で行う。国王はパーティの席上でコージュ王子を王太子に指名し、アイリーン王女との婚約を発表するという段取りだ。

第二、第三王子は明日、地方の公務に出席を命じられる予定になっていた。王太子の発表が済むまで、彼らがトーキョーシティに戻って来ることはない。

ふと我に返ったアリサが顔を上げると、コージュ王子の姿が目に入った。

彼はこの日のために敷かれた赤絨毯《あかじゅうたん》の上をこちらに向かって歩いてくる。アリサの前を通過する一瞬、軽く頭を下げて王子の背後に付き従うのが秘書官の役目だ。

そのとき、王子の左脇をガードするミヤカワ中尉と視線が絡んだ。

いつもなら優しく微笑んでくれる。だが今日の中尉は、険しいまなざしでアリサをみつめ――その視線は彼女に三日前のことを思い出させたのだった。

『なあ、アリサ……こないだの夜なんだけど』

三日前、王宮親衛隊の庁舎内でミヤカワ中尉から話しかけられた。

式典の夜、電話中の出来事を思い出すと、恥ずかしさに身の置きどころがなくなる。あの夜の言動を追及されたくなくて、アリサは中尉を避けていた。

だが、呼び止められては逃げる訳にもいかない。

『何？　ユキちゃん』

『ん、いや、随分遅くまで起きてたんだなぁと思って、さ』

アリサは無理やり笑顔を作り、

『そうじゃないのよ。ウトウトしてたところに、ユキちゃんのメールが来たの。心配かけたんだと思って、すぐに大丈夫だって伝えようとしただけだから……』

寝ぼけていたから電話の応答がおかしかった、そう思ってもらいたかった。

だが、ミヤカワ中尉の表情はどこかスッキリしない。いや、緊張していると言うべきだろうか。何かを言いたくて、言えずにいる。そんな様子だった。

『あの……わたし、仕事の途中だから。今日は例の観光コースのルート確認に来たの。結局、三ヶ所に絞ったから、随分楽になったと思うわ』

親衛隊の庁舎は王宮の正門横にある。コンクリート打ちっ放しの、味も素っ気もない四階建ての建物だ。時間は昼の二時を過ぎた辺り、庁舎に残っている衛兵は少ない。

ミヤカワ中尉もアリサが持ち込んだ用件で上司に呼ばれ、持ち場から戻って来たところだった。

『詳しいことは隊長さんから聞いてくれたら……早く行ったほうがいいと思うわ。それじゃ……』

『待てよ。ちょっと』

『え？　あっ、あの』

腕を掴まれ、引っ張り込まれたのはトイレ横にある備品倉庫だ。普段の中尉からは考えられない行動に、アリサは面食らってしまう。

『どうしたの？　ねぇ、何かあった？』

アリサの質問に、ミヤカワ中尉は沈黙で返した。

窓もない倉庫では昼間とはいえ真っ暗だ。スイッチの場所もアリサにはわからず、とにかく出口を探す。

そのとき、ミヤカワ中尉が唐突に尋ねた。

『東の宮の四階フロアには、監視カメラは設置されてない。でも、エレベーターの中にはあるんだ。知ってるよな？』

『だから……何？　それがなんだって言うの』

中尉の言いたいことがわからず、アリサは背筋を伸ばしてきつい口調で答える。

だがそんなアリサに対して、ミヤカワ中尉は恐ろしいことを口にした。

『……おまえが心配だった。本当に酷く疲れてる感じだったから。エレベーターの中で倒れるんじゃないかって、モニターをみつめてたんだ。すると、四階に到着して扉が開いた瞬間、誰かの腕が伸びて、おまえは外に引っ張り出された。俺は慌ててカメラの向きを変えたけど……すぐに扉が閉まった』

頭から足に向かって一気に血が流れ落ちていく。アリサは今にも倒れそうで……いや、いっそ倒れてしまいたいとすら思った。

そんな彼女の表情に気づいていないのか、中尉はそのまま言葉を続ける。

『初めは侵入者がいて、おまえが襲われたんだと思った。けれど、窓も非常扉も開いた形跡はない。そして、四階にいるのはたったひとり――』

その後、ミヤカワ中尉はセンサーをすべて再チェックしたらしい。侵入者の可能性がないことを確信した上で、当直の女官に四階フロアの確認に行ってもらったという。

当然、『異常なし』の返事だった。

あの腕はコージュ王子に違いない。だが、王子の人柄を思えば、秘書官にあんな乱暴な真似をするはずがないのだ。モニターに映ったそれは、男が自分の女を扱うときの仕草に似ていた。

ミヤカワ中尉はそんなことを悶々《もんもん》と悩み続けたという。

結局、中尉はいても立ってもいられず、アリサの迷惑は承知の上でメールを送ってしまった。

『アリサ……まさかとは思うが、あのとき、横に殿下がおられたのか？　あんな時間に何をしていたんだ？　おまえ、まさか……』

このとき、アリサは真っ暗な部屋に感謝した。そのおかげで、動揺した顔をミヤカワ中尉に見られずに済む。

アリサはごくりとつばを飲み込み、

『ええ、そうよ。わたしの腕を摑んだのは殿下なの。ああ見えて、時々悪戯をされるのよ。小さいころから、わたしをビックリさせて喜んでいらっしゃるの。それで殿下の息抜きになるなら、別にかまわないと思って……。電話は、ほんと言うとね、かけるつもりじゃなかったのよ。なんとなく触ってたら繋がっちゃって……だから、ちょっと焦っちゃった』

努めて明るく答える。

『……もう、いいよ』

ミヤカワ中尉の声は、恐ろしいほど冷たかった。


「……秘書官……シンザキ秘書官！　いったい、どうしたんですか？」

アリサはハッとした。

すると、十歩ほど先にコージュ王子たちは進んでおり、全員がアリサを振り返っている。

声をかけたのはコージュ王子だった。

「失礼いたしました！」

慌てて頭を下げると、アリサは小走りで王子たちに駆け寄った。

トーキョー競馬場の王室専用ブースは、Mスタンド側の六階にある。前面ガラス張りで、見晴らしもよく、空調の整った快適な空間だった。

クラシカルなヴィクトリアチェアが五脚、窓ガラスの前に並んでいる。一人掛けで、専用のモニターがそれぞれサイドテーブルに組み込まれていた。

後方には同じチェアの二人掛け、三人掛けが……こちらは大きめのテーブルとセットだ。部屋の隅にはミニバーがあり、さまざまな飲み物が並んでいた。もちろん、アルコールも用意されている。

この国の飲酒可能年齢は二十歳以上だ。しかし、慣例のようにコージュ王子のときにも毎年アルコールが置かれていた。

「ったく、迷惑な話だな。置いてあったら飲みたくなるのが人間だろ？」

案内係や場内支配人が部屋から出た途端、コージュ王子の口調が変わる。

ラベルに白い馬が描かれたスコットランドのウイスキーを手に取り、コージュ王子は不満そうに呟《つぶや》いた。彼はレモンを一滴垂らした、ウイスキーのハイボールが好みなのだ。このことを知っているのもアリサだけだろう。

「戻ってからにしてくださいね。今年までの辛抱ですし……」

「馬鹿言え。来年だって同じだ。公務中に酒を飲むようなプリンスがどこにいる？」

確かに成年王族だからといって、公務中に飲酒はまずい。では、このアルコールはなんのために置かれたものなのか、アリサは疑問に思い王子に尋ねる。

「昔の王族はピンキリだったんだ。ジイさん辺りのころは、まだまだ王族男子も数がいたからな。不敬罪ってヤツもあったし」

そう言いながら、コージュ王子はウイスキーのボトルをカウンターに戻した。

「ここができたころ、女を連れ込んで騒いでた王族もいたって話だ。なあ、アリサ……そいつらは、何をやってたんだろうな？」

王子は不敵な視線をアリサに向けた。

トーキョー競馬場が開設されて七十年以上経つ。建物は増改築を繰り返し、ほんの十年前に全面リニューアルをしたばかりだ。そのときに、王室専用ブースはすべて防弾ガラスに取り替えられた。

リニューアル以降、この部屋で問題を起こした王族はいない。コージュ王子が言うのはそれ以前、ということだろう。

「殿下、ここはガラス張りなんですよ。外からカメラで撮られたらどうされるおつもりですか？」

アリサは警戒心を露わにして、コージュ王子を牽制《けんせい》する。

「おいおい、俺は何も言ってないぞ。何をやっていたと思うかって質問しただけだ」

その言葉を聞いた瞬間、アリサは後悔した。気を回し過ぎて墓穴を掘ったようだ。逆に、王子につけ入る隙を与えてしまった。

アリサは熱くなる頬を王子から隠し、口元を引き締める。そして、なるべく平然とした声で言い返した。

「そうですか。わたしに聞かれましても、生まれる前のことなど存じ上げません」

「じゃあ、教えてやろうか？」

「ええ。ぜひ」

（そう何度も、殿下の罠《わな》にはまったりしないわ）

アリサはコージュ王子に視線を向けず、わざと冷たく答えた。そして、案内係から渡された出走表に目を落とした瞬間――。

「キャッ！」

彼女の脚に何かが触れた。

アリサはチェアに備え付けられたモニターテーブルの前に立っていた。出走表を手にモニターを操作し、メインレースのオッズや血統表などをチェックできる画面にセットしておくつもりだった。

いつの間にかコージュ王子が横に立っていて、ピタリと身体を添わせてくる。ガラス越しにカメラで撮られても、ふたりでモニターを覗き込んでいるようにしか見えないだろう。

だが、モニターテーブルの陰に隠れて、タイトミニの裾から王子の手が入り込んできた。

「で、殿下……おやめください」

「とか言いながら。俺の好きなガーターストッキングを穿《は》いてきたんだな」

「違います！　わたし自身、パンストが嫌いなだけで、殿下のためじゃ……やぁ」

人差し指を下着にかけると、コージュ王子は何かを拾うふりをしながら座り込んだ。そのままスルスルと、くるぶし辺りまで白い小さな布地が引き下ろされる。王子は丁寧に片足ずつ上げさせ、アリサから下着を奪い取った。

「さて、シンザキ秘書官、コーヒーでも淹《い》れてもらおうか」

しれっとした口調で、王子はそれを戦利品よろしくポケットに納める。

「今日は……短めのスカートなんですから。返してください」

「スカートの中身なんて、普通に歩いてたら見られやしないさ。タイトなら風に吹かれることもない。だろ？」

「そういう問題じゃ……」

アリサに下着を見せて歩く趣味はない。見られたら、ではなく、穿いていないことが酷く恥ずかしいのだ。王子もそれをわかっていて、わざとアリサを困らせていた。

「そ、そんなものを、ポケットに入れていることが知られたら……殿下のほうこそ、お困りになるのでは？」

「そのときは、落とし物を拾ったとでも言っておこう」

コージュ王子はアリサをみつめ、意地悪に、それでいて魅惑的に微笑んだ。

＊＊＊

脚をピッタリ閉じて、アリサは壁際に立っていた。

出走馬の本馬場入場が始まり、それに先立って王子の観覧が場内にアナウンスされた。

そのときだけ、彼はカメラに写る窓際まで移動する。場内モニターにはコージュ王子の上半身が映し出された。

それが終わると三人掛け用のチェアに座り、アリサの淹れた温かいコーヒーを口に運ぶ。

「ん？　ああ、なんだ、支配人の言ってた馬はこいつか……。すっかり忘れてた」

出走表に書かれた一番人気の馬名に見覚えがあった。

それもそのはず、一歳馬のセールを見学に行き、そのときの一頭に王子は名前を与えたのだ。馬主の娘という小学生にねだられ、快く応じたのである。

「何か特別な馬でも？」

「〝シャインブロッサム〟俺の名づけた牝馬だ。こんなレースに出るような、強い馬だったんだな」

「それは……確か二年前の」

アリサも思い出したらしい。

馬のことが気になるのか、少しずつ王子に近づいて来る。

「輝く花ですか？　殿下のことですか？」

アリサは嬉しそうに出馬表を覗き込んだ。

（――おまえのことだよ）

そう口に出して言ったら、彼女はどんな顔をするだろう？　ふたりの出会った桜の花から取った馬名。規定によりカタカナ九文字以内と言われシャインブロッサムになった。

コージュ王子にとってアリサは、桜の下で見つけたひと筋の光。

王子の瞳に妖しい輝きを感じたのだろう。アリサは身を翻そうとした。その寸前、王子は彼女の手首を摑む。逃げる暇を与えず、彼はアリサを腕の中に抱き寄せた。

　その瞬間、アリサの身体が小さく震えた。抵抗らしい抵抗もせず、彼女は王子に唇を奪われるままになっている。どうやら無防備な下半身が、彼女の理性に目隠しをしたらしい。

「アリサ、出走まであと二十分ある。そのまま俺の上に乗れよ。シャインブロッサムより先に、ゴールさせてやる」

「殿下……そんなこと」

　桜より鮮やかな色に耳まで染め、慎ましやかな秘書官の目は潤んでいる。スカートの奥はそれ以上だろう。

「ほら、早くしろ。時間がなくなるぞ。それとも、夜までそのままでいいのか？」

　王子は自らそそり立つ分身を取り出した。

「でも……もし、外から見られたら」

「それが不可能なことは、おまえも知ってるはずだ。さあ、早く来い」

　この王室専用ブースは前面ガラス張りだが、中が見えるのは窓際の一メートル程度。後方のソファを覗ける位置に建物はなく、盗撮目的でヘリを飛ばせる場所でもなかった。

　アリサもようやく観念したらしい。スカートの裾をたくし上げると脚を開き、王子の上に跨《また》がった。

　そのまま腰を沈めるが、ツルンと滑ってなかなか入らない。

「あ、やだ。お願いします……殿下」

ねだるような声に、思わず下から腰を突き上げそうになる。

王子は逸《はや》る気持ちを押しとどめ、ゆっくりと答えた。

「ダメだ。自分で中に入れるんだ。手でしっかり摑んで……こんなにトロトロなんだ。入らない訳がないだろ」

「やぁ……ん……言わないで、ください」

アリサの秘部から蕩《とろ》けるような液体が滴り落ちる。それは王子の張り詰めた先端に糸を引いて絡みついた。そのこそばゆい感触に、王子の口から掠《かす》れるような吐息が漏れる。

直後、柔らかい手がコージュ王子の塊に触れた。初めは躊躇《ためら》いがちに、やがて大胆にギュッと握り締めて固定したその上に、アリサはソッと腰を下ろしていく。

温かいものに包み込まれるいつもの感覚に、王子も大きく息を吐いた。

「ああっ……殿下、わたし、こんな……」

紅潮した頰と誘うような瞳。半開きのアリサの唇を舌先で舐《な》め、王子はそのまま彼女の口の中に舌を押し込み、激しく口づける。

ブラウスのボタンを外し、シルクのブラジャーをずらす。ふたつの乳房がライトに照らされ真っ白に艶めいた。

白く柔らかい胸を両手で揉みしだき、硬くなったピンクの突起を指先で抓《つま》む。

「あ、待って……そこは、やっ……ダメェ」

「何がダメなんだ？　腰が動いてるぞ。奥からどんどん熱いものが溢れてくる。こんな場所で、アリサ、おまえも相当いやらしい女だな」

「酷い……殿下がこんなところで」

言いながらもアリサの腰は揺れが止まらない。むしろ、どんどん激しくなっていく。

アリサが快楽に昇り詰めるのを見ながら、コージュ王子は指で花芯を弄った。膣の奥がギューッと引き絞られる。襞《ひだ》が蠢《うごめ》き、生き物のように王子の高ぶりを締め上げた。

次の瞬間、アリサは身体を痙攣《けいれん》させた。

「やだ……ダメ、もう……やん、やぁーっ！」

その声は意外に大きく、王子は慌ててアリサの口を塞いだ。

「おっと、大きな声を出し過ぎだ。さあ、あと五分だ。俺もそろそろイカせてもらうぞ」

コージュ王子は腰を浮かせ、アリサをソファに押し倒した。

実を言えば、五分どころか一分も持ちそうにない。アリサの中は蜜で溢れ返り、彼自身を溶かしてしまいそうなほど熱かった。

何度抱いても飽きることがない。アリサの体内は心地よく、コージュ王子にたとえようのない幸福と充足感を与えてくれる。最後の瞬間を迎えるのがもったいなく、彼はゆるゆると抽送を繰り返し、少しでも引き伸ばそうとした。

アリサと唇を重ね、頬やまぶたにキスしながら、しだいに胸の谷間へと下りてくる。白い乳房に薔薇色《ばらいろ》の刻印を押したとき、アリサは何度目かの絶頂に達した。

その瞬間、痺《しび》れるような快感がコージュ王子を襲い……彼女の奥深くに精を放出する。

ふたりはほぼ同時に達したのだった。


『――さあ、四コーナー回って最後の直線に入りました。ピンクの帽子、ゼッケン十八番、シャインブロッサムが抜け出した！　後続を三馬身四馬身と引き離していく。――残り六百メートル、シャインブロッサム先頭だ。八馬身引き離して、今、ゴーーールイン！　本年度のプリンス・コージュ杯、桜華賞馬はシャインブロッサム号です!!』

カメラに映るポジション、ガラスの前に立ちコージュ王子はスピーカーから流れる声に相好を崩した。

どこから撮られているかわからない。大袈裟《おおげさ》に喜びを表すポーズは厳禁である。そんなことを考えながら、コージュ王子は指を揃《そろ》えたままゆっくりと手を叩いた。

「アリサ、俺たちの馬が勝ったぞ！」

壁際のチェアにしどけない姿で横たわるアリサに向かって、コージュ王子は声高に言う。

「おめでとう、ございます……殿下」

ゆっくりと身体を起こしてアリサは答えた。

その返事がどうも気に入らない。コージュ王子は大股でアリサに近づくと、顎に指をかけ、上を向かせた。

「もっと喜べよ。シャインブロッサム、桜の花の下で出会った光砂《アリサ》、おまえのことだ」

「で……ん、か？」

アリサの瞳が大きく開かれた。

何を言われたのかよくわからないといったまなざしで、食い入るように王子の顔をみつめている。

しばらくしてようやく開きかけたアリサの口を、コージュ王子は強引に唇で塞いでいた。照れくさいというのもある。泣かれるのも面倒だ。いやそれ以上に、ただ……アリサの唇が欲しかった。

コージュ王子にとって女性はアリサひとりだ。

他には誰もいらないし、欲しくもない。

王位争いなど、王室を衰退させるだけで愚の骨頂。王国のためにも、そして国民のためにも、後ろ盾のしっかりした王に相応しい人間が王太子になるべきだ。どれほど頑張っても父にとって、コージュ王子は最愛の妻を奪った不要な息子でしかないのだから。

三人の兄たちがさっさと結婚して後継者を作り、誰かが王太子に立つことだけが彼の願いだった。

そのときこそ、コージュ王子は〝王妃の息子〟という呪縛から逃れることができる。

「殿下……もうダメ、すぐに人が」

わずかな隙間から、喘《あえ》ぐようなアリサの声が漏れ聞こえた。

胸に触れたい衝動を抑えながら、コージュ王子は彼女の上着を整え、ボタンをはめてやる。

だが、結い上げた髪が数本ほつれていた。ほどいて結び直すのは無理だろう。後れ毛の数が増えていることに、目敏い人間なら気づくかもしれない。

たとえば、ユキト・ミヤカワ中尉――アリサにプロポーズしている男なら……。

直後、ドアをノックする音が聞こえた。

「護衛官のミヤカワです。殿下、表彰式のため、ウィナーズサークルに移動していただくお時間です」

コージュ王子の登場とともに、観客からは歓声が上がる。場内は熱気で包まれ、人々は興奮の渦に巻き込まれた。

なんと言っても、王子が名づけた牝馬が彼の名前を冠する大レースで優勝したのだ。しかも大差をつけての勝利。偶然とも奇跡とも呼べる瞬間に立ち会い、黙って見ていられるほうが不思議だろう。

人々の興奮がなかなか収まらないこと以外、すべてが例年どおりに進んでいるはずだった。

だが、ウィナーズサークルに足を踏み入れた瞬間、コージュ王子はいつもと違う何かを感じた。

しかしその違和感は大歓声に飲み込まれ、あっという間に消えてしまう。

(気の……せいか?)

そこには、馬主、騎手、調教師、厩務員《きゅうむ》、生産者と多くの関係者が並んでいた。

王子は緑の芝生の上に立ち、プリンス・コージュ杯を授与する。表彰式を終えると次は写真撮影だ。王子の口取りで記念撮影をして、表彰式はおしまいとなる。

コージュ王子は、シャインブロッサム号を目の当たりにして息を飲んだ。

一歳馬のころとは馬体の張りや毛づやが、見事なまでに違う。二年ぶりに再会した、四白流星、金色のたてがみが美しい尾花栗毛《おばなくりげ》のシャインブロッサム号は、愛くるしい幼稚園児が美少女に変身したかのようだった。

コージュ王子にとって馬は身近な存在だ。王宮には厩舎があり、記念行事のパレードは馬車で行う決まりになっていた。さらに乗馬は王室の人間に課せられた、たしなみのひとつでもある。

それでも、これほど美しい馬を見たのは初めてだ。その名のとおり『光り輝く花』が咲き誇っていた。

（まるで、アリサのようだ）

そんな思いが王子の視線をアリサに向けさせる。

だが次の瞬間、王子の表情は凍りついた。彼女の視線は王子ではなく、ミヤカワ中尉に向けられていた。

アリサはプロポーズの件も話してはくれない。それだけでなく、ここ数日、中尉の彼女に向けるまなざしも微妙だ。ふたりの間に何かあったことは明らかなのに……。

（アリサは、俺との関係を望んでなかったのか？）

アリサだけは、コージュ王子の存在を認めてくれた。どんなときも彼の要求に逆らわなかった。あれが愛情ではなく、ただの忠誠心に過ぎなかったとしたら？

王子の身体はわずかに傾き、地面が揺れるような錯覚に囚われた。

「殿下。いかがなさいました？　やはり、ご気分でも」

アリサはスッと身体を寄せ、周囲に不安を感じさせない笑顔でコージュ王子に問いかける。

「大丈夫。あとは撮影だけです。行きましょう」

公務用の笑顔を浮かべ、王子は数歩馬に近づく。

だがそのとき、空気を切り裂くような、極めて小さな音が王子の耳に届き――。

そのわずか二秒後、シャインブロッサム号が突然いななき、後ろ足で立ち上がった。

「殿下！　こちらへっ！」

「誰か、コージュ王子殿下を」

「馬を押さえろ！」

ウィナーズサークル内に怒号が飛び交う――。

その切迫感がさらに馬を怯《おび》えさせた。

厩務員は手綱を引き、必死で馬を落ちつかせようとする。だが、そんな厩務員を振り払い、馬は暴れながら後ろ足で芝を蹴り始めた。

直後、コージュ王子の前にアリサが立ちはだかった。王子は慌てて手を伸ばし、アリサを自分の近くに引き寄せようとした。

だが、その手は彼女の袖を掠め、指先は空を摑んだ。

「アリサ！　何をしているんだ！」

アリサの視線の先には小学生の少女がいる。

馬主の娘で、二年前コージュ王子に名づけをねだったあの少女だ。少女は腰を抜かしたように、半泣きで馬の横に座り込んでいた。

ふいに、アリサはその少女目がけて走って行く。

「アリサッ！」

コージュ王子も駆け寄ろうとする。

だが、護衛官や場内警備員に阻まれた。そのまま、ウィナーズサークルから外に連れ出されそうになる。

「アリサ、アリサーッ！」

このとき、王子の目にはアリサしか映ってはいなかった。彼は数人の護衛官を振り払い、ウィナーズサークルに駆け戻ろうとする。

刹那——人影が彼の脇をすり抜けた。

ミヤカワ中尉だ。中尉は脇目も振らず、アリサに向かって突進する。あと数メートルの位置で、彼は身体を前のめりにして飛び込んだ。

そのとき、少女を抱き締め座り込むアリサの頭上に、シャインブロッサム号は前足を振り下ろそうとしていた。

＊＊＊

最初は王子に怪我がないように、アリサの思いはそれだけだった。

しかし、目の前で少女が転んだ。近くの大人はそのことに気づかない。このままでは少女が馬に蹴られてしまう。馬がふたたび前足を上げて立ち上がったとき、アリサは無意識で少女に向かって走り出していた。

馬の気配を間近に感じる。アリサは衝撃に耐えようとグッと息を止めた。だが、そんな彼女に誰かが覆いかぶさったのだ。

それが誰か、確認する余裕もなく……数秒後、彼女の耳にどよめきが広がった。

アリサはゆっくりと顔を上げる。恐る恐る開いた瞳に映ったのは、金色のたてがみを持つシャインブロッサム号に跨るコージュ王子の姿だった。

王子は渾身《こんしん》の力で手綱を引き絞り、中腰になって馬を操る。

逆光の中、浮かび上がるコージュ王子の勇姿は——まさしく中世の騎士を思わせた。

その、たぐいまれなる凛々《りり》しさに、アリサの目は釘《くぎ》づけとなり、激しく心を揺さぶられる。

「シンザキ秘書官、怪我はないですか？」

馬上から、異様なほど落ちついた王子の声が聞こえた。

「は……はい」

「ミヤカワ中尉はどうです？」

「はっ！　申し訳ございません」

中尉はすぐさま片膝を芝生につき、頭を垂れる。

アリサは自分に覆いかぶさった人物が、ミヤカワ中尉であったことを知り驚いた。彼はコージュ王子の護衛官なのだ。何をさて置いても、最優先で守るべきは王子のはず。中尉の行動は、たとえどんな理由があっても、職務怠慢のそしりを免れない。

アリサは立ち上がると、身体をふたつに折り頭を下げた。

「申し訳ありませんっ！　わたしが勝手なことをしたばかりに。殿下にお怪我はございませんでしょうか？」

……しばらく待つが、コージュ王子からの返事はない。アリサは不安になってソッと顔を上げる。

ふたりの視線が交差した直後、王子は目を逸らした。

「大事ない」

ひと言呟き、彼は馬から下りる。

そのまま、ミヤカワ中尉ら護衛官に守られて、コージュ王子はウィナーズサークルから立ち去ったのだった。


アリサはショックのあまり、王子のあとを追うことができない。

目を逸らす寸前、王子の瞳の中に悲しみと孤独が浮かんだ。そこには捨てられた子犬のような……言葉にできない切なさが渦巻いていた。

（わたしのせい？　でも、わたしは……）

アリサは困惑を抱えたまま、ウィナーズサークルに佇《たたず》む。

そのとき、上着の裾をクイと引かれた。振り返ると、先ほどの少女が立っている。アリサは頬を引き攣らせながら、どうにか笑顔を作ると、

「大丈夫？　怪我はなかった？」

少女に優しく声をかけた。

まだ十歳にもなっていないだろう。少女はカタカタ震えながら、アリサに何かを差し出した。その手の平には銀色の小さな玉が乗っていた。

「誰かが……シャインにこれを当てたの。それでビックリして……。シャインはとってもいい子なの」

少女は目に涙を浮かべ、必死で言う。

「ええ、わかったわ。プリンスにそう伝えるから」

アリサは玉を受け取り、微笑んだ。

少女も「ありがとう」と答えて、少しだけ笑顔を見せる。

銀の玉を握り締め、アリサは考えた。そして、王子たちと入れ替わるようにやって来た警察官たちに会釈をして、その場を立ち去ったのだった。

＊＊＊

「ユキちゃん！」

その夜、アリサは王宮親衛隊庁舎前で、ミヤカワ中尉が出てくるのを待っていた。姿を見るなり呼び止め、急いで用件を口にする。

彼女が中尉に見せたのは例の銀の玉。事故か事件か調査するのは警察の仕事だ。本来なら駆けつけた警察官に事情を説明して、証拠の品を預けるのが筋である。

だが……。

「これがコージュ王子を狙ったものだ、と？」

「もちろん、こんな物で殿下のお命が狙えるなんて思ってないわ。でも、もう少し消極的に……。たとえば怪我をさせて、アイリーン王女の接待をできなくさせるとか」

「そんなことをしてどうするんだ？　代わりのプリンスか……ダメでも別の人間がご案内すれば済むことだろう」

中尉にあっさりと言い返され、アリサは口を閉じた。

アイリーン王女の接待は他の人間ではダメなのだ。ワシントン王国第一王女との婚約は、彼を王太子にするための第一歩なのだから。

だが、それをミヤカワ中尉に話していいものかどうか、アリサは悩んだ。

「王女の接待は……殿下にとって、成年王族として初めての公務と言えるものよ。仮に不測の事態であったとしても、直前のキャンセルは大きな失態になるわ」

アリサはどうにか言い繕う。

そんな彼女にミヤカワ中尉は冷ややかな視線を向けた。

「ふーん。随分熱心なんだな。そんなにポイントを稼いで、なんになるんだ？」

「何って。わたしはただ、これが自分の仕事だから」

アリサの言葉を無視し、中尉は銀の玉を手の平で弄んだ。

「どこにでもありそうだが……パチンコ玉より少し大きい、か。ゲームで使う物かもしれないな。刻印があるから、製造元はすぐに割れるだろう。それに、場内の監視カメラをチェックしてみてもいい。運がよければ犯人が映ってる可能性もある」

中尉の言葉にアリサは目の前が開けた感じがした。

現場の警察官に渡せなかった理由は明白だ。〝王妃の息子〟を煙たがるのは、かなりの権力を持つ人間に他ならない。これが唯一の物証であるなら、証拠隠滅に乗り出すに決まっている。

その点、王宮親衛隊のミヤカワ中尉なら、少なくとも国王陛下に背く行為はしない。

アリサがホッとして、

「ありがとう、ユキちゃ」

唐突に、アリサはお礼の言葉を遮られた。しかも、中尉の唇によって――。

このとき、ふたりは人目を避けるように建物の陰で話をしていた。人に聞かれたくなかったので、アリサから誘ったのだ。それが裏目に出てしまった。

コージュ王子以外の男性と、初めて唇を重ねた。

煙草の匂いがする。中尉自身は吸わないので、同じ分隊に喫煙者がいるのだろう。髪や制服にも染みついていた。

「や……いや……めて……ユ、キ」

離れようとすると、今度は庁舎の建物に背中を押しつけられた。アリサは身動きが取れない。

キスはしだいに激しさを増し、中尉の舌先は彼女の唇を割ろうと必死になる。

無精ひげがチクチク肌に当たって痛い。アリサがそう思った直後、中尉の大きな手が彼女の太ももに触れた。

「ん……んんっ」

無骨な指先がスカートの裾を捲《まく》り上げ、秘密の場所に向かって進む。

「んっ！　や……いやっ！　何するの……やめ」

唇が離れた瞬間、アリサは声を上げた。だが、すぐにもう片方の手で口を塞がれてしまう。もがいて逃げようとするが、大柄な男性相手ではどうにもならない。しかも中尉の場合、どこを押さえれば相手が動けなくなるか熟知しているのだ。

アリサは中尉にされるがまま、肘と膝で動きを封じられた。

「競馬場からリムジンで戻って来て、ずっとここで俺を待ってたんだよな。東の宮にも王宮の秘書官室にも行ってないなら……スカートの下は何も穿いてないんだろう？」

中尉の吐き捨てるような言葉に、アリサは目を見開いた。

ショーツは王室専用ブースでコージュ王子に奪われた。終わったあとも、ポケットに入れたまま返してくれなかった。

（まさか、競馬場で……殿下とのことを知ってるの？　そんな……どうして？）

アリサは懸命に首を左右に振り続ける。

だが中尉はやめようとせず、そのまま彼女の首筋に唇を押し当て、痛いほど吸いついた。

ざらついた舌が肌を這《は》う感触に、アリサは吐き気を覚える。

「おまえから殿下を誘ったんだろ？　なんでそんな真似を……。たとえ妊娠したって、俺たち平民が王子の妃になれる訳がないのに。陛下のときとは状況が違うんだよ！　どうして俺じゃダメなんだ。アリサ、頼むから目を覚ましてくれ！」

ミヤカワ中尉の顔は苦悩に満ちていた。

中尉に襲われているのはアリサのほうだ。それなのに、まるで彼女が中尉を裏切り、苦しめているような言われ方だった。

（まさか殿下が……中尉に話したの？）

競馬場での情事を？　それとも、ふたりの関係すべてを？　アリサはそれを中尉に尋ねたいが、口を塞がれていては息をするのが精一杯だ。

暗がりの中、腰の辺りでファスナーを下ろす音が聞こえた。しばらくして、中尉の荒い息を耳の奥で感じ……直後、火傷しそうなほど熱い高ぶりが内股に押し当てられた。

「おまえが脱いだ下着を見せられたよ。自分から脱いで、殿下の上に跨ったんだって？　抑え切れなかったと……おまえを妊娠させたかもしれない、そうおっしゃっておられた」

アリサは懸命に首を振る。

だが、今の中尉はいつもの彼ではなかった。

「申し訳ないが結婚は諦めてくれ。殿下にそう言われた俺の気持ちがわかるか？　おまえにそんな経験はないと思ってたから、ずっと我慢してたんだ！　なのに……」

やはり、コージュ王子はプロポーズのことを知っていたのだ。式典の夜、ミヤカワ中尉のメールに激しく反応したのも、そのせいだった。

アリサは脚を固く閉じようとした。だが、中尉から滴り落ちる先走り液がアリサの太ももを濡《ぬ》らしてしまい……。ぬめった太ももを熱い塊に撫《な》でられ、やがて少しずつこじ開けられていく。

「殿下のことは諦めろ。俺が幸せにしてやる……アリサ」

ミヤカワ中尉はアリサの口を押さえていた手を退けた。間髪を容れず、彼は片方の脚を摑み強引に持ち上げ——。

「いやっ！　やめてっ！」

太ももが開いた瞬間、アリサの中に押し込もうと中尉は腰を突き上げた。

彼の高ぶりはほんのわずかアリサの秘所に食い込む。しかし、薄い布地が決定的な侵入を阻んだ。

秘書官室のロッカーには戻っていないが、ショーツはちゃんと身につけている。王子が何をするかわからないので、予備は常に持ち歩いているのだ。

中尉の目が驚きのあまり大きく開かれた。そして、アリサの瞳を食い入るようにみつめている。

彼女を押さえつける力が弱まり、当然のようにアリサは思い切り中尉を突き飛ばした。

彼は数歩よろけて、地面に座り込む。

「……本当に、殿下がそうおっしゃっていたのね……」

アリサの声は掠れて、震えていた。

「罪を犯してしまったと告白されて……中尉の恋人を奪うことになった、と。プロポーズを撤回するように言われて、目の前が真っ暗になった。俺は本当におまえのことを愛してるから……」

「聞きたくない！　たとえ何を言われたとしても、力尽くで——なんて。レイプに正当な理由なんてないわ！　最低……信頼してたのに。だから……今日だってずっと待ってたのよ。ユキちゃんならってお願いしたのに」

「アリサ……すまない。本当におまえの下着だと思ったら……冷静ではいられなくなって、それで」

「言い訳なんてしないで！　こんな……あんまりだわ」

アリサは急いでスカートを整えると、中尉から逃げるように走り出した。

エレベーターが四階に到着した。アリサが踏み出した瞬間、廊下の隅にうずくまる影があった。コージュ王子だ。

彼は手にウイスキーのボトルを抱え、アリサ以外の人間には見せられない姿をしている。

「……殿下」

「その分なら、中尉殿にふられたんだろ？　そりゃそうだよな。プリンスを誘惑して関係した女、奴なら嫁にはしたがらないさ」

コージュ王子はふらりと立ち上がり、アリサの傍にやって来る。

酷いアルコール臭だ。いったい、いつから飲んでいたのか。怒りは湧いてくるが、一方でアリサは王子の身体が心配になる。

「残念だったな。出世頭を捕まえ損ねて……。おまえは、俺がいいって言うまで傍にいるんだ。自由になんかしてやるもんか。十四年前から……おまえは俺のものなんだからな」

王子は呷《あお》るようにウイスキーを飲み、アリサの顔を見ようともしない。

そのせいで、彼女の髪が乱れ、真っ青になっていることにも気づいてはくれなかった。

「だから……中尉にわたしを抱いたと……。それもわたしから、王子の妃になるために誘ったと言ったんですね？　……わたしから、取り上げた下着を見せて……」

「ア……リサ？」

ようやく、コージュ王子は顔を上げた。彼は漆黒の瞳を数回瞬かせ、アリサを凝視している。

だが、彼女に見えたのはそこまでだった。

見る見るうちにアリサの瞳には涙が浮かび、王子の顔が滲《にじ》んでいく。ここまで我慢してきた思いが堰《せき》を切ったように溢れ出し、透明な雫《しずく》となって次々に顎から滴り落ちた。

「どう、した。おまえ……そんなに、あの男が」

コージュ王子は息を止め、アリサの首筋に視線をやる。そこに見えたのは、真紅の花びらを散らしたような充血。

「待て……ちょっと待て。奴は諦めたんじゃないのか？　プロポーズを取り消したんじゃないのかっ!?」

コージュ王子はアリサの両腕を掴み、叫びながら揺さぶった。

だが、その王子の手をアリサは振り払う。

「――殿下のことは諦めろ。俺が幸せにしてやる。……あの人はそう言ったわ。そう言ってわたしのことを」

次の瞬間、コージュ王子は酒瓶を床に叩きつけた。

派手な音がしてボトルは砕け散り、廊下にはモルトウイスキーの芳醇《ほうじゅん》な香りが広がった。

そのまま、王子は公務用のクローゼットに飛び込み、サーベルを手に飛び出してくる。

「殿下！」

「殺してやる！　おまえを傷つけた。あの男をこの手で斬り捨てる！」

「わたしを傷つけたのは彼じゃないわ！　殿下です……殿下のせいで……欲望のままにわたしを抱いて、ずっと傷つけてるくせにっ」

アリサは我慢できず、興奮したまま口に出してしまった。

主君であるコージュ王子に言うべき言葉ではない。ふたりは対等ではないのだ。現代社会において、そしてこの国において、身分の差は歴然としている。

「違う！　それは……アリサ……」

王子の瞳に頼りなげな光が浮かび、ふいに途切れた。

その瞬間、サーベルが床に落ち……コージュ王子は崩れるように膝をつく。

「殿下？　……殿下、いかがされました!?」

怒りを忘れ、アリサは王子に駆け寄った。

「大事……ない。心配するな」

そう言ってアリサを押し退けようとする。だがその指先は、恐ろしいほどの熱を放出していた。

「殿下！　こんな高熱でお休みにもなられず、お酒を召し上がるなんて。不摂生にもほどがありません！　成年王族としてのご自覚を持っていただきませんと……わたし」

（――心配で、殿下のお傍から離れることができません）

続く言葉を胸の中で唱えつつ、アリサはコージュ王子の脇を支え、寝室まで連れて行くのだった。


熱は三十八度を超えていた。

だが、王子は頑として御典医を呼ぶことを認めず、常備してある解熱剤を飲み、そのままベッドに横になる。

アリサに傍にいるよう命じると、目を閉じて浅い眠りについた。

「……アリサ……ゴメン……俺のせいで」

「殿下？」

小さく声をかけるが、コージュ王子が目を開ける気配はない。

昔から、熱が上がるたびにそうだった。アリサがいなければ薬を飲もうともせず、傍にいないと眠らないと言って譲らない。そして、普段は決して口にしない謝罪を、夢の中では何度も呟くのだ。

コージュ王子は大人びていて、どんなときも冷静で慎重な態度を崩さない。

そんな王子がアリサにだけは我がまま放題の姿を見せる。それは彼女にとって、密かな喜びだった。

男女の愛でなくとも、ふたりは特別な思いで繋がれている。たとえ王子の望むものが単なる欲望のはけ口だったとしても、自分が王子の〝特別〟であることをアリサは誇りに思っていた。

(でも……もうダメ。少しでも、殿下の思いを感じてしまったら……さっきのように甘えてしまう)

優しい言葉や心を通わせるような触れ合いを、アリサからねだったことは一度もない。

王子の欲しがるものを与えるだけが、彼女の愛だった。

それなのに……〝シャインブロッサム〟——あの馬名に込められた思いを知った途端、アリサは王子を責めてしまった。

自分を傷つけているのは王子だなんて、そんなことを言ってしまえばあとは歯止めが利かなくなる。次はきっと、愛の言葉が欲しくなる。そして彼の子供や、彼との未来まで欲しくなるだろう。

コージュ王子が王妃の息子でなかったら……。

王子の額に玉の汗が浮かび上がる。それを固く絞ったタオルで拭き取り、襟元を開いて汗を掻《か》き過ぎないようにした。

空調を整え、氷枕を二時間置きに入れ替え、夜明け前には少しずつ荒い呼吸が治まり始めた。

王子がうわごとも口にしなくなったころ、アリサもベッドにもたれかかり短い眠りに引き込まれていき――。


王子のキスは決して優しい訳ではない。

愛撫も性急で自分本位だ。でも、その手が胸に触れると……アリサの身体を信じられないほどの快感が突き抜ける。

どう考えても、女遊びができる立場ではないので、アリサの他に女性経験など皆無だろう。

購入する本の一冊、インターネットで閲覧するページまで、すべてが筒抜けの生活環境なのだ。この状態に耐えられるのは、本物の聖人君子くらいではないだろうか。

王子の唇の感触を思い出しながら、アリサは夢の中で首筋に熱いものを感じていた。

それはちょうど、ミヤカワ中尉にキスマークをつけられた辺り。いつもの舌先がその部分を何度も何度もなぞり、嚙みつくように吸い上げる。

『んん……んんっ』

アリサの上に重いものが圧しかかる。

片方の乳房が強く揉まれ、もう片方の先端は熱い口腔に包まれた。下半身をゆっくりと撫でられ、しだいに身体が開いていく。

『ああっ、もっと、もっと触って……お願い、殿下、もっと激しく』

これはただの夢。夢の中なら、どんな望みも思いのままだ。王子の愛撫を脚の間に感じ、アリサは喜びのあまり王子に身体を押しつけた。

『殿下、来て……お願い、奥まで』

大きく脚を開き、王子を受け入れる。はち切れそうなほど猛った欲望が、まっすぐにアリサを貫く。女の中心が満たされたとき、彼女は大きく背中を反らして歓喜の声を上げた。

なんて素敵な夢なのだろう、ずっと夢の中にいられたら……。夢なら何をやってもかまわないはず。そう、もっと大胆になっても……。

アリサはそんな気持ちに囚われ、自分から激しく腰を動かした。そして、今まで一度も伝えたことのない思い『愛してる』を何度も何度も口走る。

やがて全身が弾け飛ぶような快感を味わい、アリサは心地よいまどろみに身を委ねたのだった。


朝の陽射しが閉め忘れたカーテンの間から入り込む。北向きの窓なので、幾分青白く感じる明るさだ。

ハッとしてアリサが身を起こした瞬間、

「痛っ！」

コージュ王子の声が聞こえた。

枕にしていた彼の腕を思い切り押さえてしまったらしい。

「あ、申し訳あり……え？」

慌てて謝りかけたが、アリサは自分が全裸であることに気づき、そのことに驚きの声を上げた。

「殿下！　どうして？　いったい、なんでこんな……」

「いまさら、何を騒いでるんだ？」

「熱はどうされたんです!?　それに、今何時ですか？　こんなことなさっている場合じゃ」

王子は右腕を軽く振りながら身体を起こすと、気分がよさそうに首を回した。

「おまえがひと晩中介抱してくれたから完全復活だ。こっちのほうも元気だろう?」

そう言って指さしたのは、下腹部にはりついたコージュ王子自身。朝だから、と考えればいいのか、そこは見事にそそり立っている。

目に映る現実にアリサは愕然《がくぜん》とした。

王子が全裸ということは、彼女が夢の中で経験したセックスも現実かもしれないということ。夢の中の彼女は慎み深さをかなぐり捨て、あろうことか、何度も「愛してる」と口にしてしまった。

「昨夜は凄かったな。あんなに乱れたアリサを見たのは初めてだ。あんまり激しくて、コイツが千切れるかと思ったよ。それに……おまえ、俺になんて言ったか覚えてる?」

コージュ王子は爽やかな笑顔を見せながら、朝に相応しくない台詞を口にする。

口をパクパク開き声も出ないアリサとは対照的に、王子はすこぶる嬉しそうだ。実に晴れやかな顔で、それでいて照れくさそうに笑っている。彼はその笑顔に十代の名残を漂わせつつ、とんでもないことを言い始めた。

「明後日の誕生日、俺は父上に全部話すつもりだから」

「な、何を、でございますか？」

予想はできたが、アリサはあえて尋ねてみる。

「決まってる。おまえとの関係だ」

「なっ!?」

「俺はアリサと結婚するから、王位継承順位から外してくれって、な」

コージュ王子はあっさりと言い切った。

しかし現実は、それほど簡単にいくはずがない。真実を告げれば、アリサはすぐさま王宮から追い出されるだろう。『未成年の王子を誑《たぶら》かした女』その汚名から逃れる術はない。

アリサ自身は、どんな処罰をも受ける覚悟はできている。ただひとつの気がかりは、両親や妹たちにまで累が及ぶことだ。

「おやめください、殿下。そのようなことはお耳に入れるべきではありません。陛下を困らせるだけです」

夢にまで見た王子からのプロポーズ。なのに、困惑が先に立ちアリサは素直に喜ぶことができない。

コージュ王子はそんなアリサの様子に不満を覚えたのだろう。自嘲めいた笑みを浮かべ、口を開いた。

「父上は困るよりホッとするんじゃないか？　確かな後ろ盾がない、ということは……この先どんな連中に利用されるかわからない、ということだ。不確定要素を持った俺より、先の計算ができる兄上たちの中から王太子を選ぶほうがいいに決まってる」

国王は決して冷酷な人間ではない。むしろ温かな人柄だと、国民からも王宮で働く人々からも慕われている。

ただ、王妃に対する愛情があまりに大き過ぎた。そのため、コージュ王子が最も父親を必要とする時期、国王はそれを放棄してしまったのだ。

ある年齢まで達すると、息子は父に本心を明かさなくなる。それまでに結ぶべき絆《きずな》が、国王と王子の間にはない。国王の愛情は王妃とともに埋葬されてしまった、王子はそう思い込んでいる。

それに気づいたとき、アリサの耳に悪魔がささやいた。

――コージュ王子は自分を愛している。国王の真意など伝える必要はない。王子の愛と信頼をひとり占めするチャンスではないか。そう、自分さえ黙っていれば――

コージュ王子は真剣なまなざしをアリサに向け、身体を寄せた。心の奥底まで見透かされそうな黒曜石の輝きを持つ瞳は、彼女を罪に引きずり込もうとする。

「アリサ……他には何もいらない。もう一度〝愛してる〟と言え。おまえの愛に応えてやる。俺もずっとおまえのことを――」

　次の瞬間、アリサは心の扉を閉じた。王子の幻を追い出し、しっかりと鍵をかける。

　そして、

「わたしは、殿下の妻にはなれません。わたしは中尉と」

「中尉のことなら忘れろ！　奴とは何もなかった。おまえは昨夜、俺の腕の中でそう言ったんだ。アリサは俺のものだと言えば、奴なら身を引くと思った。甘い考えだった。責任は俺にある。だから、おまえの言葉を信じて中尉の行為は不問に付す。それでいいだろう？」

　そんなことまで口にしていたのか、とアリサは自分に呆《あき》れてしまう。

「いいえ、そうではありません。殿下、わたしはミヤカワ中尉を愛しています」

「馬鹿を言うなっ！　昨夜あれほど」

「昨夜は、殿下を中尉と間違えました。殿下とのことを正直に話して、彼が許してくれるなら……わたしはミヤカワ中尉と結婚したいと思います」

＊＊＊

アリサがコージュ王子に訣別《けつべつ》を告げた同時刻――。

窓のない薄暗い室内、地下の一室。複数の人間がひとつのテーブルを囲んでいた。テーブルの上には大きめの灰皿が置かれ、その中には煙草の吸い殻が山になっている。目を引くのは灰皿の横に置かれたポータブルテレビ。高さが十センチもない小型のものだ。映っているのは、服を着たままセックスに興じる男女の姿。

女は紺のスーツを着て、タイトスカートを腰まで捲り上げ、大きなヴィクトリアチェアに横たわっている。その上に覆いかぶさる男はスラックスを穿いたままだった。男の肩口から女の白い脚が見え……それはかなり長い間、一定のリズムを刻んで揺れていた。

小型のカメラで撮影したせいか、音声までは入っていない。無音のまま、ただ行為の様子だけが流れる。やがてセックスは当然のクライマックスを迎え、ふたりの動きが止まった。

数秒後、男が女から離れ……それまで背中を向けていた男の顔がしっかりとレンズに映る。

男はトーキョー王国第四王子、聡明《そうめい》で高潔と名高いプリンス・コージュ。

テーブルを囲んだ男のひとりが、灰皿に煙草を押しつけながら口にした。

「アリサ・シンザキ秘書官――か。この女も消す必要があるな」

第三章　偽りの王宮

「申し訳ない！」

東の宮近くで待ち構えていたミヤカワ中尉は、アリサの顔を見るなり身体をふたつに折って頭を下げた。

アリサにすれば、中尉に対する信頼が厚かった分だけ、どうにも怒りが治まらない。何も言うことができず、東の宮近くから王宮正殿まで彼を無視し続けた。

中尉はそんなアリサの後ろにピッタリと付き、『すみませんでした』と謝罪を繰り返すだけで……。

正殿に到着したとき、アリサも我慢できなくなった。

「謝ればいいってものじゃないでしょう？　わたしも忙しいんです。それに、間もなくコージュ殿下が出発される時間ですよ。護衛官の仕事に戻ってください」

そう言って冷たく突き放した。

すると中尉は最後の手段に出たのである。

「本当に、本当に申し訳ない!!」

ミヤカワ中尉は正殿の廊下に土下座すると、床に頭を擦りつけ謝り始めた。

「ちょっと！　いい加減にしてちょうだい！」

そこは事務室がたくさんあるエリアだった。当然、王宮で働く大勢の人たちが通りかかる。彼らは皆、目を丸くして通り過ぎて行く。

そんな状況にもかかわらず、ミヤカワ中尉は必死になって謝罪と弁明を続けている。

——挑発を真に受け、迂闊《うかつ》な行動に出てしまった。これまで積み上げてきた信頼を、一気に損ねるような行為だった。愛情どころか友情すら失いかねないことをしてしまい、朝まで一睡もせずに反省し続けた。

一刻も早く謝らなければならない。

その一念で、夜明け前から東の宮近くでアリサを待っていたのだ——と。

「謝って許されることじゃないのは充分にわかっている。おまえの言うとおり、任務があるから行くけど……。許してくれるまで毎日来るから」

その言葉に驚いたのはアリサだ。

毎日こんな真似をされたのでは仕事にならない。今日だけでも、何があったのかとあとで根掘り葉掘り聞かれることだろう。

「わかったわ。中尉の謝罪を受け入れます。ですから、これ以上わたしに付き纏《まと》わないでください」

「ありがとう！　こんな真似をしてすまない。でも時間が経つと、顔を合わせる勇気がなくなると思って。ふたりきりでは会ってもらえないだろうし……」

ミヤカワ中尉はさらに言い訳を続ける。

「もう、わかったから。早く行ってください！」

アリサの言葉に敬礼して一旦背中を向けた中尉だったが……。突然、クルッと振り向く。そして、アリサの近くに来ると声を潜めてささやいた。

「例の競馬場の件だけど……」

「え？」

「頭を冷やすために昨夜行って調査して来た。王室専用ブースのスピーカー付近に、何かを取り付けた痕跡があった。隠しカメラかもしれない。もう取り外されていたから、断定はできないけど……。確かに、不穏なものを感じるな。アイリーン王女絡みの可能性も大だ。アリサ、気をつけろ」

中尉は早口で伝えると、回れ右をして駆けて行く。

(隠しカメラなんて……そんな)

凍りついた表情で、アリサはミヤカワ中尉の後姿を見送った。

＊＊＊

トーキョーシティ国際空港。

ワシントン王室専用機にタラップが取り付けられる。ロープの内外を囲むのは、出迎えの政府関係者に一般の警察官、王宮親衛隊の中から選ばれた国賓専用の護衛部隊。そして取材許可が下りたマスコミ各社だ。

その最前列に立ち、アイリーン王女の到着を待つのが接待役を仰せつかったコージュ王子だった。

アイリーン王女の滞在期間は七日。王子が接待を命じられているのは、明後日の歓迎レセプションまで。後半はふたりの兄が交代で接待役となる。

そう、レセプションさえ終われば……。

「……んか。コージュ王子殿下。アイリーン王女がタラップを降りられます」

横に立つカイヤ首席補佐官の声にハッとした。

表情を崩さずタラップを見ていたつもりが、実際には何も見ていなかったらしい。補佐官に促され、王女を迎えるべく歩を進める。

本来、コージュ王子の横に立つのは秘書官のはずだ。

（なぜ、この場にアリサがいないんだ！）

胸の中でアリサに対して悪態をつく。このとき、王子の頭の中を駆け巡っていたのは、今朝のアリサの言葉だけだった。

――わたしはミヤカワ中尉を愛しています。

――ミヤカワ中尉と結婚したいと思います。

プロポーズの返事として、これより酷いものはないだろう。アリサは確かに昨夜、何度も『愛してる』と言ったのだ。それを中尉と間違ったなどと言われても、にわかに信じられるものではない。

（他に、理由があるに決まってる）

初めは、中尉が無理やりアリサを抱いたのか、と考えた。それで彼女がコージュ王子に遠慮をしているのかもしれない、と。

だが、じっくりと思い返せば、アリサの身体に男を受け入れた形跡はなかった。いくらアリサしか女性を知らないとはいえ、彼女の身体だけは隅々まで知っている。

他に考えられるとすれば……この、アイリーン王女の来訪以外にない。

アリサは王女を迎え入れる準備のためだと言って、空港までの同行をカイヤと交代した。これまで、どんな理由があってもアリサが公務に付き添わなかったことなど皆無だ。

（まさか、秘書官を辞める気なのか!?）

王子は暗闇の中、何度も耳に響いた声を繰り返し頭の中で再生した。

『愛してる……殿下。コージュ殿下を愛してるの。離れたくない』

それは間違いようのない、アリサの愛の告白だった。


『三年ぶりですね、プリンセス・アイリーン。ようこそ、トーキョーシティへ。再会を楽しみにしていました』

滑らかなワシントン語で挨拶をしつつ、コージュ王子は微笑んで手を差し出した。

アイリーン王女の緩くウェーブしたブルネットは、以前に会ったときと変わらない。違う点は長さだろうか。昔は肩を掠《かす》めるくらいだったのが、今は背中の真ん中辺りまで伸びている。

幼さを残していたフェイスラインは幾分シャープになり、滑らかな肌はまるでビスクドールのようだ。そして最も印象的な瞳は、晴れ渡る空の色を映したようなブルーだった。

三年前、彼女の祖母であるサトミ……通称サミー王太后が亡くなったとき、コージュ王子は葬儀に参列した。当時、王子は十七歳。まだ公務に出る年齢ではない。しかし、諸事情からトーキョー王国の王族で参列が可能だったのは彼しかおらず……。

コージュ王子が単独で外国を訪問したのはあのときが初めてだった。

「はい、お久しぶりです。トーキョープリンス・アルフレッド……いえ、プリンス・コージュでよろしいですか？」

ブルーの瞳を煌《きら》めかせ、アイリーン王女は愛らしい声で……それもトーキョー語で挨拶した。三年前はワシントン語しか話せなかったはずだ。どうやら、かなり勉強したらしい。

彼女の努力に敬意を表し、コージュ王子もトーキョー語に戻した。

「これは驚きました。我が国の言葉を覚えてくださったのですね。この訪問のために、ですか？」

「もちろん、それもあります。ですがそれ以上に、わたくしにとって大切な国の言葉になる、と聞いて……懸命に覚えました」

コージュ王子の手を握り返し、アイリーン王女は小首を傾げて微笑んだ。

しかし、その言葉の意味が王子にはよくわからない。聞き直そうとしたが、後方からカイヤ補佐官に促され、王子はスッと身を引いた。

アイリーン王女は次々と、彼女を出迎えたトーキョー王国の要人たちと握手を交わしていく。そのほとんどがワシントン王国との同盟強化を望む連中ばかりだ。そしてこの連中がトーキョー王国政府の主流であり、あらゆる局面における武力行使反対を唱えていた。

今年、コージュ王子が成年に達することで、四王子全員が対等な立場となる。いよいよ王太子が選ばれるのでは、とさまざまなメディアが特集を組んでいた。

わざわざそういった時期を選んだかのように、アイリーン王女が我が国を訪問したということは……。

王子の中にひとつの考えが浮かび、胸がざわめいた。


アイリーン王女を乗せたリムジンは橋を渡り、王宮の正門をくぐり抜けた。

王女は午前中にハルイ国王と謁見し、続けて、正午から奥宮で会食の予定だ。午後はふたたび、コージュ王子が王女の接待役を務める。

そしてトーキョーシティ滞在中は、王宮正殿の右隣に設けられた迎賓館に泊まることになっていた。

王女一行が王宮に入ったとき、歓迎の列にアリサの姿があった。

コージュ王子が空港にいた間、アリサは王宮に残っていた。しかし、ミヤカワ中尉も王子の護衛で空港にいたのだ。ふたりが一緒だった訳ではない、と自分に言い聞かせる。

だが、彼は気づいてしまう。

歓迎の列の前を通り過ぎる一瞬、中尉はアリサを見て笑顔を作った。そして、中尉のまなざしに気づいたアリサの瞳から、険しい光が消えたのである。

瞬きをするくらいの短い時間、ふたりはみつめ合い、互いの存在を認め合っていた。

この変化に王子は愕然《がくぜん》とした。あんなに激しかったアリサの中尉に対する怒りは、ほんの数時間で真夏の雪にように溶けてしまったらしい。

(俺は……無視か)

王子は怒りや絶望を表情に出さないことで精一杯だ。

アイリーン王女をエスコートしたコージュ王子がアリサの前を通過したとき、彼女は公務用の笑顔を浮かべた。

それも、アイリーン王女にひたすら視線を向けたまま……。

アリサはチラリとも王子を見ようとしなかった。

王子たちが住む四つの宮の中央に緑豊かな森がある。

小川も池も人工的に造られた物だが、その周辺にはたくさんの木々が根づき、春の陽射しに輝いていた。池の中央には浮き島があり、丸木の橋が架かっている。浮き島には西洋風の東屋もあり、恋人同士で過ごすならさぞやロマンティックだろう。

「ご存じですか？　トーキョーのおばあさまが、初めてワシントンの王太子であるおじいさまに会われたのが、この〝ガゼボ〟であると」

アイリーン王女は東屋を指して言った。

「いえ。そうなのですか？」

「ええ、おばあさまが教えてくださいました。空色の瞳をした王子様に一目で恋をしたのよ、って」

「それは……素敵なロマンスですね」

彼は思わず、それがどうした、と言いそうになる。

奥宮での昼食会終了後、『アイリーン王女殿下に王宮を案内してさし上げては？』とアリサから勧められた。周囲には護衛官の姿も見えない。まるでふたりきりだ。

(いったい、何がどうなってるんだ！)

苛立ちが限界まで達し、体調不良を理由に接待役を降りようか、と思った直後、予想外の言葉を王女が口にした。

「わたくしと一緒では楽しくありませんか？」

王女の話をほとんど聞いてなかったことに気づき、コージュ王子の視線は宙を泳ぐ。

「いえ。とんでもありません。世紀のロマンスが聞けて嬉《うれ》しく思います」

そこまで言うと、彼はワシントン語に切り替えた。

『ですが、そろそろ本音でいきましょう。妙にしおらしいアイリーン王女に、私は驚いているだけですから』

トーキョーシティ国際空港で王女が口にした言葉――わたくしにとって大切な国の言葉になる――その意味をコージュ王子はずっと考えていた。

(ハッキリさせたい。俺の予想どおりなら、アリサの態度が変わった理由もわかる！)

彼の記憶にあるアイリーン王女なら、すぐにも挑発に乗ってくるはず、そう思っていたのだが……。

「あら、なんのことでしょうか？」

微笑みを浮かべたまま、王女はトーキョー語で会話を続ける。なかなかどうして、わずか三年でひと筋縄ではいかない女性に成長したらしい。

とはいえ、コージュ王子も負けてはいられない。

『近くには誰もいませんよ。その理由をあなたはご存じでしょうか？』

すべて知っている、とばかりに余裕の笑みを返す。だが、本当は何も知らず、苛立ちが心の九割を占めていた。

そのとき、アイリーン王女の表情が変わった。

パッと目を見開き、目尻も吊《つ》り上がる。陶器のような肌に血が通い、それはまるでビスクドールから人間に変身したかのようだ。

『そうよね？　私の本性は三年前に知られてるんですもの。それに、ワシントンじゃ〝ワガママプリンセス〟ってタブロイド紙の見出しに書かれるくらいなのよ。トーキョー王国の人たちだって知ってるはずなのに！』

プリンセスらしくないと評される砕けたワシントン語だが、トーキョー語の気取ったしゃべり方より、アイリーン王女にはよく似合う。

彼女は東屋のベンチに腰かけ、上品なロータイプのサンダルを脱ぎ捨てた。資料によれば、王女の身長は一七〇センチ。コージュ王子より身長が高くならないように、ハイヒールは選択肢から外れたらしい。

『なるほど、ヒールの高さまで気遣っていただき、恐れ入ります』

彼女のせいではないと思いつつ、嫌味が王子の口をついて出た。

『別に。私はハイヒールなんて好きじゃないもの。向こうじゃ、いつだってスニーカーよ。へぇ……でも、プリンス・コージュもそんな口を利くのね』

王女はからかい半分の言い方だ。そのまま裸足で歩き、浮き島の周囲に取り付けられた丸木の手すりに座り、足をブラブラさせている。

アリサが見たら目を丸くしそうだ。もしここにいたなら、怪我をしたらどうするんですか、と叱り始めるだろう。

だが、ここにアリサはいない。

そう思った瞬間、王子も靴と靴下を脱いでいた。

『プリンス？』

『私も裸足は好きですよ。宮殿内を裸足で歩き回り、よく秘書官に叱られます』

王子はスタスタと歩き、アイリーン王女の隣に腰かけた。

『ねえ、わざと合わせてる？』

それは予想外に、厳しい王女の声だった。

コージュ王子が黙ったままでいると、王女は続けて、

『私、媚《こ》びる男って大嫌い！』

ツンとすまして横を向いた。

——三年前に初めて顔を合わせたとき、十五歳のアイリーン王女は十七歳のコージュ王子を見るなり怒鳴った。

『おばあさまが亡くなったのに、一番年下の第四王子しか寄越さないなんてどういうこと？　トーキョー政府は私たちを馬鹿にしてるのっ⁉』

内心ムカついたが、このときの彼は王室の代表である。

国王の体調不良と、第一王子の怪我、第二、第三王子の不在を告げ、四人の王子は全員対等であることを極めて礼儀正しく伝えた。

『じゃあ、私に取り入って、ワシントン王国を乗っ取りに来た訳じゃないのね？　次の国王はイーサンよ。私は女王になんかならないわ！　おあいにくさまっ』

イーサン王子はアイリーン王女の三つ年上の兄だ。ワシントン王国の王太子だが、子供のころから病弱という噂《うわさ》が諸外国まで届いている。十五歳で王太子に立ったときも、アイリーン王女のほうが次期女王に相応しいのでは、という声も上がったという。

そういった事情から、ワシントン王国にはさまざまな王室から王子が送り込まれていた。

彼らの目当ては〝王位を継ぐかもしれない〟アイリーン王女。

トーキョー王国も王位から最も遠い第四王子を送り込み、彼女との結婚を目論んでいる、と誤解されたらしい。

我がままで傍若無人に振る舞う。王女にあるまじき下品さ。――そんな言葉がタブロイド紙にちらつき始めたのはちょうどそのころだった。

コージュ王子はため息をひとつつくと、

「ふざけるな。なんで俺がおまえみたいなガキに媚びるんだよ」

突如変わった王子の口調にアイリーン王女はポカンと口を開けている。どうやら、理解不能なトーキョー語だったらしい。

『これならわかるだろ、お嬢ちゃん。あんたは俺の趣味じゃない。それに、どっちの王冠にも興味はないんだ。明後日のレセプションまでの辛抱だ。いい子で俺に付き合ってくれ』

それは王女のワシントン語に勝るとも劣らない〝下品〟なイントネーション。

『あ、あなたも周囲を騙《だま》してるのね。私とは逆みたいだけど』

呆気《あっけ》に取られていた王女だが、ようやく調子を取り戻したようだ。

『まあね。それも明後日でおしまいだ。もう、子供でいる必要はないからな』

コージュ王子の言葉を聞いた瞬間、彼女は真剣にビックリした声を上げた。

『あなた知らないの？　私はトーキョー王国次期国王と婚約するために、この国に来たのよ』

『それは……誰だ？』

王子の心を嫌な予感が一気に覆い尽くす。

そしてアイリーン王女の口から出た名前は――。

『トーキョープリンス、コージュ・アルフレッド・エインズレイ・カノウ』

＊＊＊

「護衛官のひとりと随分親密なご関係ですって？」

コージュ王子とアイリーン王女が森の人工池付近を散策中と報告を受ける。様子を窺《うかが》いに行こうとしたとき、アリサは首席秘書官ナムラに捕まった。

「結婚なら早めに言ってちょうだいね。わかっていると思うけれど……。秘書官は主婦と両立できるような、生易しい仕事ではありませんよ。まあ、子供を作らないなら別かもしれませんけど」

最後のひと言はとくに大きな声だ。

アリサはげんなりしつつ、それでも笑顔で体裁を取り繕う。

「誤解から、業務に支障をきたしかねないほどの行き違いが生じたんです。その誤解が解けて、ミヤカワ中尉の謝罪を受け入れました。プライベートなこととは関係ありません」

どちらにしてもこの忙しい時期に……。そんなことを口の中で呟《つぶや》きながら、ナムラ秘書官は去って行く。

ホッと息を吐いたとき、ナムラ秘書官の後姿を睨《にら》む女性に気がついた。国王第三秘書官のチグサ・タカマだ。

アリサはスッとチグサに近寄り、

「あの……。ナムラさんの嫉妬もあると思いますよ。だって、彼女は独身でチグサさんには素敵な旦那様がいらっしゃるから。わたしも羨ましいです」

小さな声で伝える。

子供ができないことを気にするチグサに、ナムラは聞こえよがしに嫌味を言うのだ。それは今日に始まったことではなかった。

「ええ、そうね。欲求不満の中年女なんて、相手になんかしてないわ」

アリサの気遣いにチグサは薄笑いを浮かべる。

「あなたも……色々気をつけなさいね。どこで恨みを買うかわからないわよ」

普段のおとなしいチグサからは想像もできない棘《とげ》のある口調に、アリサは「はあ」と答えるのがやっとだった。

四人の王子が全員四月生まれということもあり、誕生日を祝う記念行事が毎年四月一日に行われる。今年もその祝賀行事が行われ、直後、ワシントン王国のアイリーン王女が国賓として来訪する、と発表された。

その日程が四月九日——国賓を迎えるのに準備期間が一週間程度など、通常ならありえないスケジュールだ。

そのせいで、ナムラやチグサだけでなく王宮中が浮き足立っていた。

(わたしもそのひとりだけど……。でも、こんなときこそ冷静にならなくては。落ちついて対応しなきゃ、とても乗り越えられそうにないもの)

森の人工池に駆けつけたとき、アリサの目に映ったのは、アイリーン王女とふたりきりで談笑するコージュ王子の姿だった。

王女側の護衛官も協力して、森への立ち入りは一般の衛兵すら制限している。籠の中ではあるが監視カメラも切られ、ふたりの会話が聞こえる位置には誰もいない。

双方とも王族という身分を考えれば、極めて珍しい事態だった。

(殿下は、もう気づかれたかしら？)

確認は取れていないが、アイリーン王女のほうがメアリ女王から事情を聞かされている可能性もある。そのときは、彼女の口からコージュ王子に伝わるだろう。

父王の真意を知れば、王子は運命を受け入れる。

それに、十代のプリンセスを妻にできるのだ。年上の秘書官との情事など、すぐに忘れるに決まっている。

自らに言い聞かせながら、それでいてアリサは深く落ち込んだ。

「シンザキ秘書官、おふたりの様子はどうです？　予定どおりに進んでいますか？」

そのとき、背後から声がかかった。この縁談の最高責任者であり、国王の腹心、カイヤ補佐官だ。

「はい。ほぼ予定どおりに進行しています。ただ、殿下にもお伝えしておいたほうがよかったのではないでしょうか？」

「君も気づいているでしょう。レセプションを挟んで、後半はクロード、シオン両王子が接待役となっています。しかし、実際にはパーティで陛下ご自身の口から例の件が発表されます。それまで各王子のご実家に知られてはまずいのですよ。よからぬことを考える輩《やから》もおりますからね」

カイヤ補佐官の深刻そうな表情に、競馬場での一件を思い出した。

「それは……トーキョー競馬場での件も含まれますか?」

「あの一件ですが、すべての責任は馬にある、ということで落ちつきそうです。優勝馬のオーナーには気の毒ではありますが……」

それはアリサの最も恐れていたことだった。なんと、シャインブロッサム号の薬殺処分で決着がつきそうだと言うのだ。

「待ってください！　殿下にお怪我があった訳でもなく、なんの被害もなかったんですよ。それなのにどうして?」

「殿下の身に危険が及びそうになったのです。誰かが責任を取らねばなりません。場長と警備主任は減俸と厳重注意、馬主は馬を失うことで処罰を免れます。それとも、馬を救うために馬主を収監しろ、と?」

眼鏡の縁を押し上げながら、カイヤ補佐官は抑揚のない声で言った。

しかし、昨日の今日である。まさか、こんなに早く話が進むとは思ってもみなかった。

カイヤ補佐官にあの少女から渡された銀の玉のことを告げようか、と悩む。だがもし、この彼が三王子の後見人と繋《つな》がっていたら……。

考えれば考えるほど、アリサは決断することができない。すると、カイヤ補佐官はさらに彼女を悩ませるような言葉を口にした。

「ああ、それと……護衛官のミヤカワ中尉ですが、彼も専属護衛官から一衛兵に格下げが決定しました。レセプションの翌日付けです」

「それは、コージュ殿下がお決めになったのですか？」

一瞬、求婚を断ったアリサに対する怒りがミヤカワ中尉に向かったのかと、王子を疑ってしまう。

もしそれなら、コージュ王子を怒らせたアリサの責任だ。

だが、カイヤ補佐官の返事は違った。

「この場合、殿下の意見は関係ありません。報告書を見る限り、彼は護衛官としての職務を放棄しています。中尉もそれを認め、深く反省し、降格を受け入れたと聞きます」

ホッと息を吐くが、それでも、降格はアリサのせいだった。

昨夜の振る舞いはともかく、アリサを守ろうとしてミヤカワ中尉は職務を忘れた。彼女自身が願ったことではないにせよ、申し訳なさで一杯になる。

「わたしは……わたしにはどんな処分がなされるのでしょう？」

「処分？」

「はい。迂闊にも殿下のお傍を離れ、子供を助けようとしました。そのせいで、殿下を無用な危険に巻き込んでしまったのです。責任はわたしにあります」

カイヤ補佐官はスッと背を向け、

「秘書官の役目は殿下をお守りすることではありません。それに、ご覧になりましたか？　今朝の新聞の第一面」

「……いえ」

「〝自らの危険も恐れず少女を救った英雄〟――誉れ高きコージュ王子の武勇伝が増えて結構なことではないですか」

振り返った肩越しに見える横顔が、冷たく微笑んでいた。


カイヤ補佐官が立ち去り、アリサはひとりになった。

ふと気づけば、コージュ王子とアイリーン王女の姿も見えなくなっている。彼らを探そうと思ったが、それ以上に、胸に不安が押し寄せてきた。

今回の縁談、トーキョー王国側で知っているのはほんの数人だろう。

アリサはカイヤ補佐官から告げられたが、他の誰が知っているかは聞かされていない。

ここ数日の様子から見て、ナムラ秘書官ですら知らされていないようだ。

他に気づく人間がいるとすれば、この微妙な警備体制に疑問を抱いたコージュ王子専属の護衛官たちくらいか。

他には、国王自身が侍従や女官に話している可能性もあった。

そこまで考え、アリサは周囲の警戒に当たっているはずのミヤカワ中尉を探す。

まずは、自分のせいで降格になったことを謝らなければならない。そして、カイヤ補佐官の周辺を探ってもらおう。中尉の言ったとおり、隠しカメラが仕掛けられていたとしたら……すでにアリサとコージュ王子の関係は知られていることになる。

(あの冷ややかな視線……ひょっとして、殿下との関係を知ってるからなの?)

考えれば考えるほど疑惑が浮かぶ。

だが、証拠は何もない。第一、元々がフレンドリーとは言い難い男性だ。時間が経つと、アリサはその考えが被害妄想のような気もしてくる。

(少し冷静にならないと。でも、殿下から目を離してよかったのかしら……)

アリサの胸に不安がよぎる。

直後、彼女の背後で茂みが揺れ、いきなり手首を摑《つか》まれた。

「きゃあっ!」

「待て! 俺だ。急ぎの話があって……」

それはミヤカワ中尉だった。

「もう、嚇《おど》かさないで！」

「こっちに来てくれ」

強引に引っ張られ、昨夜のことを思い出してアリサの身体は強張った。

「ちょっと！　わたしをどこに連れて行く気!?」

「何もしない。見て欲しいものがあるだけだ」

思いがけず、中尉の表情は切羽詰まったものがある。

アリサは抵抗をやめ、彼の言葉に従うことにしたのだった。

森から少し離れ、護衛官の目に触れない辺りまでアリサは連れて来られた。そして中尉が差し出した物は、一枚の写真。

チラリと目をやった瞬間、アリサは息を呑《の》み、顔を背けた。

「悪い。あまり気持ちいいもんじゃないのはわかってる。でも、この男に見覚えがないか、ちゃんと見て思い出して欲しい」

中尉の真剣な声に、彼女はふたたび写真を覗《のぞ》き込んだ。

写真には男の死体が写っている。なぜ死体だとわかるのか……男の額にポッカリと空洞が開き、その形相は悪魔にでも遭遇したかのように歪《ゆが》んでいたせいだ。

「記憶にないわ。会ったことはないと思う」

「……そうか」

「いったい何？　この人がどう関係するの？」

アリサは少し早口で、叫ぶように尋ねていた。

「場内の監視カメラに映ってたんだ。ウィナーズサークルの周囲にもいた。そして――」

事件直後、この男はゆっくりと騒動に背中を向け、人混みを掻《か》き分け消えたという。そして事件からわずか数分後、場外に出て行く男の姿が、出入り口のカメラ映像で確認された。慌てて逃げるでもなく、何が起こったのかと周囲を窺う様子もない。男は明らかに不審な行動を取っていた。

「トーキョー警察庁の友人に頼んで、政治犯の逮捕者リストを照会してもらったんだ。その間、こっちは王制反対派の活動者リストをチェックして……。すると、友人から連絡があった。写真の男が死体で見つかった、と」

また、だ。

アリサは背筋が寒くなるのを感じた。あまりにも対応が早過ぎる。中尉に調査を依頼したことは誰にも言っていない。なのに、中尉が目をつけた男が殺された。

「男の正体はわかったの？　王宮の関係者じゃないわよね？　まさか三人の王子たちの……」

「いや、違うな。王子たちの関係者は、うちの親父が日雇いの使用人まで身分を照会してリスト化してる。それを真っ先にチェックしたけど、どこにも載ってなかった。それに、死んだ男は素性のわかる物は何も所持してなかった」

中尉の返事を聞き、アリサはわずかな望みを口にした。

「それって……馬券のトラブルで殺されたなんてことは？　昨日の事件には無関係なんじゃない？」

「おいおい、アリサ。一発で眉間を撃ち抜かれてるんだ。これはプロの仕業だよ」

中尉は呆れた様子だ。

確かに、仕事の依頼主が、生かしておけば足がつくのでさっさと始末した、と考えたほうが早い。

競馬場の一件に関する素早い処分、カイヤ補佐官が見せた冷たい視線、そしてこの殺人事件——これ以上アリサひとりで抱え込むのは無理だ。

彼女は意を決し、中尉にアイリーン王女が緊急で訪れた理由と国王の真意を話した。もちろん、この件はカイヤ補佐官から聞いたことで、彼の様子に疑問を抱いたことも。

ただ、コージュ王子との関係は……中尉には言えなかった。

「やっぱりな……あまりの手際のよさに内部の人間が絡んでると思ったんだ。クソッ！

明日の行程も補佐官殿には筒抜けか」

中尉は苛立たしげに地面を蹴る。

今となってはスケジュールの変更はできないだろう。だが、馬を驚かせた手段から考えると、王子の命までは狙っていないのかもしれない。

アリサがそう口にすると、

「いや、この段階で人が殺されているんだ。あんな悪戯程度の事件で済むとは思えないな。競馬場の一件にはきっと裏がある」

中尉はあっさりと否定した。

カイヤ補佐官は三人の王子の実家と繋がっているのだろうか。それとも他に理由があるのか。アイリーン王女は標的に入っているのか……そもそも、国王は本当にコージュ王子を王太子にするつもりなのだろうか。

次々と疑問が浮かび、アリサはどうすればいいのかわからなくなる。

中尉は、「明後日までは、専属護衛官のリーダーとして指示が出せる」そう言って、コージュ王子とアイリーン王女の警備を強化することを約束してくれた。

「ごめんなさい……わたしのせいで降格なんて」

「おまえのせいじゃない。好きな女を守るのに理由はいらない。だから結婚してくれなんて、了見の狭い男じゃないぜ」

なんでもないことのように言われると、余計にアリサは後ろめたくなる。

「殿下はおまえに惚《ほ》れてるんだな」

「そんなことは」

「殿下が護衛官の制止を振り切って、馬に飛び乗った理由も俺と同じだろ？　でもアリサ、側室なんて辛いだけだ。おまえには似合わないよ」

中尉はアリサの頭に手をやると、ほんの一瞬だけ自分の胸に抱き寄せた。

「……殿下を忘れたら俺の嫁になれ。待っててやるから」

そう言い残し、中尉は身を翻して走り去った。

彼は気づいている。コージュ王子の言葉は偽りではない、と。

確かに、昨夜の乱暴は許し難い。しかし裏を返せば、王子の命令を無視してまで中尉はアリサを手に入れようとしたのだ。すべてを犠牲にしてもかまわないほど中尉に愛されている。このまま、彼の胸に飛び込んでしまえば……。

アリサの胸に春の嵐が吹き荒れる。

そして嵐は、散歩から戻ってきたコージュ王子とアイリーン王女の姿を見た瞬間、より激しく吹きすさび……アリサはふたりから目を背けた。

その夜、アリサは東の宮に戻りながら考えていた。

(今夜は殿下と顔を合わせずに、まっすぐ自分の部屋に戻ろう)

王子への挨拶をせず、アリサは自室に飛び込む。

ところが、思いがけないことに、正面の椅子にコージュ王子が座っているではないか。

「で、殿下!?　どうして……」

この階はどの部屋も鍵をかけないのが通例だ。建物自体のセキュリティが万全なので施錠の必要がない。

「さっき、奥宮の陛下に会って来た」

それは、いつもより大人びた口調だ。

アリサは息を止め、無言で次の言葉を待つ。

「俺を王太子に指名するってさ。アイリーン王女を妻に迎えて、親ワシントン派閥が俺の後ろ盾につく。これで世界平和に、さらに貢献できるって言ってたな」

コージュ王子はリラックスチェアに深く腰かけ、オットマンの上で脚を組んでいる。まるで力が抜けたような、いつもとは違う王子の姿に、アリサは胸の奥が軋《きし》んだ。

「おめでとう……ございます。これで、わたしも安心して」

「おまえ、知ってたな」

アリサの搾り出すような声は遮られた。それも、王子の恐ろしく低い声によって。

「そ、それは……」

「知ってて、だから、奴を好きだと言ったんだな。正直に言えっ！」

勢いをつけて立ち上がり、コージュ王子は大股でアリサに近寄った。次の瞬間、彼女は王子の腕の中に引っ張り込まれ、荒々しく唇を奪われた。

＊＊＊

ちょうど五年前の冬。

いずれも優秀で、飛び級で進学・進級していく兄たちに、コージュ王子は十四歳で追いついた。そして十五歳のとき、兄弟の誰よりも早く、コージュ王子は王立大学に入学を決めたのだった。

〝王妃の息子〟としての役目を果たせたと、王子は意気揚々と奥宮に向かった。今度こそ、父は褒めてくれるはずだ。

『愛する妻が命懸けで産んだ価値のある息子だ』

コージュ王子はその言葉を期待していた。

ところが、

『コージュにも困ったものだ。何ゆえもう少し、立場をわきまえることができぬのか。およそ女官らが焚《た》きつけているのだろうが……。まったく、王子ばかり四人とは頭の痛いことだ』

拝謁が叶《かな》う寸前、父が侍従に話す言葉を彼は聞いてしまった。

案の定、『合格おめでとう。王室のため、国民のため、よく学ぶように』父は機械的に祝いの言葉を述べると、一切の感情を見せずに息子の前から消えたのである。

そんなコージュ王子だったが、東の宮に戻るなり満面の笑みで迎えられた。

もちろんアリサだ。

『おめでとうございます、殿下！　陛下もさぞやお喜びでしょう！』

彼女の笑顔がこのときほど眩《まぶ》しく感じたことはなかった。

胸が焦げるように熱くなり、ほんの少し見下ろせるようになったアリサの瞳に無意識で吸い寄せられていた。

唇がゆっくりと重なる――ふたりの歯がカチッと当たり、王子は慌てて飛び退く。

『わ、わるい……』

『……いえ……』

突然のことに驚いたのだろう。アリサは真っ赤になって顔を背けた。

コージュ王子にとって初めてのキスだが、二十歳のアリサにとっては違うに決まっている。

『そんな顔するなよ。どうせ、キスのひとつやふたつ経験済みだろう？』

『わ、わたしは、そんなっ！』

そう言ったきり、アリサは口を閉ざした。

『ひょっとして……ないのか？』

王子の問いにアリサは無言でうなずき、彼の胸はトクンと高鳴った。

『そ、そんなことより……お祝いを』

『壁越しに陛下の声が聞こえた。俺は立場をわきまえない困った奴らしい』

自嘲気味の彼の言葉に、アリサは絶句していた。

彼女も今度こそ、国王は〝王妃の息子〟を認めると思っていたのだろう。愛する王妃が命と引き替えに産んだだけのことはある、と。

いったい自分はなんのために生まれてきたのか。誰のために生きて行けばいいのか。王子は自らの価値を見失ってしまう。

誇りと義務感だけで立ち上がれるほど、十五歳の彼は強い人間ではなかった。

『アリサ……祝いとして、おまえからもらいたいものがある』

『なんでしょうか？　わたしにできることでしたら』

『おまえが欲しい。おまえを抱きたい――ダメか？』

アリサは驚き、目を見開いた。

『殿下は……まだ十五歳でございます。そういったことは……十八歳になられませんと』

しどろもどろになりつつ、常識的な言葉を口にする彼女に王子は抱きついていた。勢いのまま、床の上に押し倒す。

『おまえまで俺を拒絶するのか？　存在すら邪魔だというなら、いっそ……この世から消してくれ！』

卑怯《ひきょう》な言い方だったと、口にしたあとで王子は悔やむ。

だが、その行為を止めることができず、引き千切るように彼女の服を剝ぎ取った。王子の目に、誰も踏み荒らしたことのない真っ白な肌が映る。ツンと上を向いたふたつの乳房に触れた瞬間、彼の理性は吹き飛んだ。

王子は夢中になってアリサの肌にむしゃぶりつく。どこもかしこも極上の絹のように滑らかで、甘い香りがする。

『殿下、いけません。これは犯罪です。こんなことが知れたら……わたしは』

『うるさい、うるさい、黙れ！　命令だ。頼むから……アリサ、頼むから俺を受け入れてくれよ。……頼む』

視界が涙で歪んだ。

王子自身も服を全部脱ぎ捨て、アリサに抱きつくなり屹立《きつりつ》した下半身を茂みの中に押し込んでいく。

強く押し当て擦りつけるが、その部分は固く閉ざされていて、容易に王子を受け入れようとはしない。しかし、このときの王子には引き返すことなど不可能だった。狭い部分を力任せにこじ開け、捩《ね》じ込むように挿入を果たす。乾いた泉の底を目指して、深く突き立てていく。

『……い、た……い』

声を震わせアリサは泣いていた。

そんな彼女の姿も、罪悪感からも目を逸らし続けた。

押し込んだ先端がアリサの一番奥に当たり、その瞬間、コージュ王子の我慢は限界を超えた。彼女の身体に埋もれた部分が痙攣《けいれん》して、止める間もなく白濁の液体を噴射した。

『アリサ、アリサ、アリサ……』

熱に浮かされたように、何度も彼女の名を呼んだ。

自分で慰めたときとは比べものにならないほどの快感が、王子の全身を突き抜けた。しかし、射精を終えると彼の頭は急速に冷めていく。

胸に込み上げた罪悪感で、王子は正面からアリサの顔を見ることができない。

(俺は……なんて真似をしたんだ。アリサを失ったら、もう生きる意味なんか……)

乱暴に処女を奪ってしまった。

取り返しのつかない後悔が彼の胸に渦を巻く。

だが、アリサはコージュ王子を責めなかった。酷く痛かっただろうに、荒い息で抱きつく王子の髪を、彼女はいつまでも優しく撫《な》でてくれたのだった。


五年前につけた絨毯《じゅうたん》の染みは、目を凝らすと今もしっかりと見える。

――明後日、おまえとアイリーン王女の婚約を報告する。その上で、おまえを王太子に命じるつもりだ。王室のため、国民のため、そして世界平和のため、これからも務めを怠らぬように――。

父王の冷ややかな声を思い出しながら、コージュ王子はアリサに口づけていた。

王族に生まれた以上、国民の尊敬に値する行動を取る義務がある。それはこの二十年、嫌と言うほど聞かされてきた。王子として、王妃の息子として、恥じぬ言動を取らねばならない。心を凍らせ、傷ついた部分を見られぬよう懸命に取り繕ってきたのだ。

王子はただの人間であってはならない。

わかってはいても、心は悲鳴を上げている。

「俺は……最低の王子だ。王室や国民のために努力したことなど一度もない。〝清廉潔白で神に愛されたコージュ王子〟など、どこにもいないんだ」

キスのあと、王子はアリサを抱き上げ、当然のようにベッドに押し倒した。白い谷間に顔を埋め、喘《あえ》ぐように呟く。

「殿下は優しく立派なお方です。どうか……ご自分の評価を低く誤らないでください」

王子のサラサラの髪を撫でながら、アリサは耳元でささやく。このとき、ふたりの下半身はすでに繋がろうとしていた。

五年前とは違い、アリサの入り口は充分な湿り気を帯び、スルスルと王子を受け入れる。内部は温かく柔らかな襞が高ぶりを優しく包み込む。緩やかに腰を回しながら、ふたりは快楽の海を漂った。

アリサを抱きながら、王子は後ろめたさに囚われていた。

どうして即座に、立太子を断る、という道が選べなかったのだろう。父王から最大の評価を得たということに、コージュ王子は喜びを感じたのだ。それがアリサを諦め、アイリーン王女との結婚を選ぶことになると気づいたのは、しばらくあとだった。

「アリサ、おまえの身体は最高だ。俺のために作られているみたいだ」

少しずつ欲情が波となり、大きくうねりながらふたりの動きが早まっていく。ピッタリと重なった腰が同じリズムを刻み、アリサの口から吐息が漏れ始める。

「で、んか……わたしは、幸せ、でした。今まで、殿下のお傍にいられ、て」

「イヤだ！　俺はおまえを離さない。絶対に別れない！」

我がままは承知の上だ。『アリサがいなければ生きていけない』九年前と変わらぬ熱が、王子の中を駆け巡る。

次の瞬間、アリサの中でふたりは溶け合った。


数時間後、コージュ王子は浅い眠りの中にいた。彼の一部は、いまだアリサと強く結びついている。

小さな幸福に身を委ねていると、ふいに、その部分に締めつけを感じた。アリサの緊張が繋がった部分からダイレクトに王子に伝わる。

直後——彼はハッと目を覚ました。

廊下に大勢の気配を感じる。

この東の宮に大挙して人が押し寄せたことなど一度もない。ありえない事態に、王子は懸命に自分を落ちつかせた。

彼女が身を起こすより早く、コージュ王子は床に足を下ろしていた。彼はシーツを一枚抜き取り、サッと腰に巻く。ズボンを探して穿《は》くなど時間の無駄だ。片手でアリサの上に布団をかぶせ、『絶対に声を出すな』と緊迫した声で短く命令する。

王子は静かに扉の前まで移動した。

呼吸を整え、壁に立てかけた予備のサーベルを掴んだ。訓練はした。何度か暴漢に襲われ、サーベルを抜き撃退したこともある。

だが、人を殺したことは一度もない。

（アリサを守るためなら——斬る！）

強く心に念じて、王子は一気に扉を開けた。

「コージュ王子殿下！　ご無事でしたかっ」

叫びながら駆け寄ったのは護衛官のひとり、シュウ・タカマ少尉だった。

「いったい何があったのか説明してください。それと、ミヤカワ中尉はどこです?」

努めて表情を平静に保ちながら、コージュ王子はいつもの口調で護衛官たちに話しかけた。有事に必ず傍にいるはずの中尉が不在とは妙な話だ。

だがタカマ少尉の説明を聞き、王子は息を吞む。

「迎賓館で警報が鳴りまして、中尉が駆けつけたところ……」

なんと、アイリーン王女の部屋に数匹の蛇がいたという。

何者かが侵入して、国賓室に蛇を放った。警報は侵入者が逃げた際にセンサーが反応したらしい、とのこと。蛇は無毒の種類だった。

「それで、中尉のご命令で殿下のご無事を確認しようとしたのですが……。何度コールしても出ていただけませんでしたので、やむなく突入いたしました」

冷静なタカマ少尉らしく、膝を折ると何ごともなかったかのように報告する。

だが、部下たちはそう簡単にはいかないようだ。数人は少尉に倣って跪《ひざまず》くが、十人以上が口を開いたまま立ち尽くしている。

なんと言っても、王族の鑑《かがみ》と言われるコージュ王子が、秘書官の個室から半裸で飛び出して来たのだ。ふたりの関係を問われたら、言い訳などできるはずもない。

「それで、アイリーン王女に怪我は？」

「ございません。蛇はすべて中尉が処理し、お付きの方にも怪我はありませんでした」

「それはよかった。しかし、王宮内に侵入者とは、あってはならないことですね。決して外には出さぬよう」

「はっ！」

あってはならないこと、と言うより、ありえないことだった。

国賓滞在中は第一級の警備体制を敷いている。それもすべての出入り口だけでなく、地下や空からの侵入にも備えているのだ。これで入り込めるのは魔法使いか超能力者くらいだろう。

あるいは……初めから中にいた、というケースも充分に考えられる。

「全員ご苦労さまです。私はこのとおり無事です。担当者はこのまま一階の警備に戻るよう。他は侵入者の確保に当たってください。それと……言うまでもありませんが、私がシンザキ秘書官の個室にいたことは他言無用です」

コージュ王子は当たり前のように付け足し、爽やかな笑顔で箝口令《かんこうれい》を敷いたのだった。

＊＊＊

「では……蛇はご自分で？」

「はい、そうです。わたくし、蛇など怖くありませんから」

アイリーン王女滞在二日目の早朝、ストレッチリムジンの車内での会話である。

今回はコージュ王子とアイリーン王女のふたりではなく、アリサとミヤカワ中尉も同乗していた。

謝罪が必要かと思い、コージュ王子は恐る恐る昨夜の件を切り出した。

ところが、アイリーン王女はさも楽しげに笑いながら答える。怯えたアイリーン王女が帰国すると言い出すことを密かに期待していた王子は、いささか拍子抜けだ。

不謹慎だと言われても、ワシントン王国側の都合で縁談が壊れれば、と願わざるを得ない。

もしくは、国王が正式に発表する前に王子自身が内々に辞退を申し出るか。だが、本当に後悔しないか、と問われたら……。コージュ王子は即答する自信がなかった。

「最後の一匹は、わたくしが抓《つま》んで放り出しました。他は、こちらの護衛官が処分してくださいましたけれど」

アイリーン王女はアリサに向かって熱弁を振るっている。蛇の類《たぐい》が大嫌いなアリサは、頬を引き攣らせながら相槌《あいづち》を打っていた。

アリサは蜘蛛《くも》やムカデも苦手だ。

これまでアリサと一緒のときに遭遇した場合、すべてコージュ王子が率先して始末してきた。しかし、実を言えば王子も得意ではない。幼いころは、壁を這《は》うアブラムシに悲鳴を上げたこともある。

だがアリサの前では、少しでも頼りがいのあるところを見せたかった。

「こちらの不手際で申し訳ない限りです。今夜は別のお部屋を用意させていただきました」

アリサが頭を下げながら王女に伝える。

「まあ、かまいませんのに。それと、昨夜のことは本国に報告はいたしません。面倒なことにしたくはありませんから」

「……恐れ入ります」

アリサはさらに頭を低くした。

コージュ王子としては報告して欲しかったが、落胆した様子を見せる訳にはいかない。

「ところで、侵入者とは何者でしたの？　我が国との同盟をよく思わない方たちかしら？」

王女は視線をミヤカワ中尉に向ける。

「侵入者は確保しましたのでご安心くださいませ。背後関係は現在調査中です」

彼は表情ひとつ変えずに答えた。

中尉の言葉に嘘《うそ》はない。侵入者は確保した、死体という形で。

侵入者は二十代前半の男。頭部を撃ち抜かれ、拳銃を手に王子たちが散策した森の池に浮かんでいた。歓迎レセプションに向けて、出入りが許可された業者の身分証を所持。しかし、別人であることがすでに判明している。

大きな問題は、その男が小型の時限爆弾を所持していた点だろう。

どうやって荷物検査を通過したのか。銃も爆発物もそう簡単に持ち込める代物ではない。通用門の担当者を買収したか、よほど巧妙に隠したか。

そして、そこまでして持ち込んだ爆弾を使用せず、無毒の蛇を放つというふざけた手段を使ったのはなぜか。

蛇は王宮の森に生息している青大将だった。番号を付けて管理しているので、王宮内で調達したことは確認済みだ。

男の死が自殺でない場合、殺人犯は十中八九、王宮内で働く人間となる。

通用門の担当者は取り調べ中だが、騒ぎ以降、どの通用門も通過した人間はひとりもいなかった。

一行は昼過ぎまでかけて、トーキョーシティの観光スポットを三ヶ所回った。最後にトーキョースカイタワーからシティを一望して帰路につく。スカイタワーから王宮まで一キロもなく、交通規制もしてあり、あっという間に到着する予定だった。

コージュ王子とアイリーン王女は並んでスカイタワーから出た。

周囲には立ち入り禁止の立て札にロープが張られ、随所に警察官が立つ。その外側から、多くの国民が手を振っていた。

いつもなら目にする両国の国旗がないのは、今回の訪問が抜き打ちに近かったせいだろう。

王子の背後にアリサが立ち、小さな声で予定の変更を告げた。

「殿下、申し訳ございません。リムジンの調子が悪いようでございます。別の車両を回しましたので、そちらにお乗りいただけますでしょうか?」

用意されていたのはひと回り小さなリムジンが二台。王子たちが通学用に使用する車両だ。後部座席に四人乗れなくはないが、かなり窮屈だろう。

そこにタカマ少尉が駆けて来た。

「アイリーン王女殿下におかれましては、自国の護衛官とご一緒に別車両に、という連絡を受けております」

王女がワシントン王国から連れて来た護衛官が少尉の後ろに立つ。王女は素直にうなずき、二台目の車両に乗り込もうとする。

「待て。タカマ少尉、それは誰からの命令か」

護衛官たちを呼び止めたのはコージュ王子だ。

「ワシントン側の判断であると聞きましたが……。確認を取って参りましょうか？」

少尉はどこか怪訝《けげん》な表情をしている。

王子は少し考えると、ミヤカワ中尉に向き直った。

「いや、中尉は後続車両に乗り込み、王女の警護に当たってください」

「承知いたしました」

即答するミヤカワ中尉の後姿を無言で見送る。

コージュ王子はアリサとふたり、一台目の車両に乗り込んだ。

「殿下……昨夜のことですが」

今日初めてアリサとふたりきりになった。

リムジンの車内、運転席とは防音ガラスで完全に仕切られている。アリサもわかっているはずだが、それでも小さな声で王子に尋ねた。

「護衛官の方たちにはなんと……」

彼らは今のところ、王子の命令をきちんと守っているようだ。ミヤカワ中尉の態度から見ても、誰かが告げ口をした様子はない。

「四階で見たことは誰にも言うな、と命じた。おまえの部屋から出て来たことも、俺がシーツ一枚だったこともな」

「二十人近くいたと思われますが……全員が守るでしょうか？」

アリサの声は震えている。おそらく、国王に知られることを恐れているのだろう。

「さあ、全員唖然《あぜん》としていたからな。数日経って正気に戻ったら……口が軽くなるかもしれん」

「そんな……そんなこと。どうなさるおつもりですか？　まさか、こんな時期に知られてしまうなんて」

コージュ王子はひと呼吸置くと、

「ふたりの仲がばれても、シンザキ家に累が及ぶことはないから心配するな。俺が無理やりおまえを……」

「ダメです、そんなこと！　王太子に指名される大事な時期なのに。せっかく、殿下が国王陛下から認められたというのに。わたしのせいで殿下が……」

あんなことがあったのに、アリサは秘書官の顔を崩さない。コージュ王子の婚約者候補、アイリーン王女にも笑顔で接している。本当に、ミヤカワ中尉に心が動いたのかもしれない。そう思うだけで、王子の胸は張り裂けそうに痛かった。

それでもアリサはコージュ王子のことを案じてくれている。それも、王太子に選ばれることだけを……。

彼女の肩に手を伸ばしかけ、王子はギュッと拳を握り締めた。

激しい衝動をコントロールできない未熟さが口惜しい。

自分の置かれた状況を考え、冷静に判断しなければならないこのときですら、全身でアリサを求めてしまう。

そのとき――ふいに車がガクンと揺れた。

コージュ王子はハッとして防音ガラスの仕切り越しに運転席を見る。

運転手はハンドルから手を放し、胸元を押さえていた。両足は激しく突っ張り、全身が痙攣を始める。車がスピードを上げ始めたのは、突っ張った足がアクセルを踏んでいるせいだ。

王子が仕切りを下ろそうとした瞬間、前輪が中央分離帯の縁石に乗り上げた。

「キャッ」

「アリサ！」

コージュ王子の脳裏に五年前の事故が浮かんだ。

何もできず、壁とトラックに挟まれた一瞬――。コージュ王子の身体に覆いかぶさったのは長兄トーヤ王子だった。だが、今度こそ、守られるだけの立場ではいたくない。

リムジンは猛スピードで中央分離帯を乗り越えた。そのまま、車両は反対車線に飛び込む。シートベルトが外れそうなほどの衝撃を身体に受け、「きゃあっ！」同時にアリサの悲鳴が聞こえた。

コージュ王子はどうにか手を伸ばし、アリサの腕を摑んだ。そのまま彼女の身体をシートに押さえ込む。

「大丈夫だ、アリサ！　そのままでいるんだっ！」

「でん……きゃあぁっ！」

次の瞬間、リムジンは上下が逆になった。

苦しんでいた運転手がふいに脱力し、前に倒れ込んだせいだ。車両は急ハンドルを切り、遠心力で横転したのである。

リムジンはその黒く頑丈な巨体を揺るがせ、無防備に腹を見せながら二転三転する。しかし、中にいる人間にすれば……その倍以上転がされた気分だ。

全身の筋肉に力を込め、アリサをシートに固定しながら王子は必死に考えた。

このまま壁に激突して炎上すれば、いくらリムジンとはいえ助からない。せめてアリサだけでも、王子がそう思ったときだ。

リムジンは三転半——屋根を地面に擦り、火花を散らしながら路面を数十メートル滑り続ける。

「いやあぁーっ！　殿下！」

懸命にアリサを庇《かば》い天井に腕を突っ張った。だが、屋根部分はしだいに熱を持ち、内側からわかるほど変形し始める。

（止まれ、止まれ、頼む、止まってくれ！）

王子の目に巨大なビルの外壁が映った。壁まで百メートルもない。車はコントロールを失い、一直線に壁に向かって突き進む。

「止まれーーっ！」

もはや願いではなく、命令。——直後、ガンッと衝撃を受け、車は急停止した。

まるでコージュ王子の気迫が天に通じたような、わずかな段差が壁への激突を防いでくれた。

「アリサ！　アリサ！　目を開けろっ」

止まると同時にシートベルトを外し、アリサの顔を覗き込む。

彼女はぐったりして目を閉じていた。外傷はなさそうだが、どうやら恐怖のあまり気を失ったようだ。

コージュ王子は車内を見回し思わず感心していた。

さすがリムジンと言うべきだろう。何度も横転しながら座席には傷ひとつなく、防弾ガラスの一枚も割れてはいなかった。外装はボロボロに違いないが、それでもすべての衝撃を受け止めたのは立派としか言い様がない。

そのとき、車内にガソリンの匂いが漂った。

それは引火の可能性があるということ。ロックを外し、ドアを開けようとするが……横転で変形したのか後部座席のドアが開かない。

コージュ王子はビクともしない自分側のドアを諦め、アリサ側のドアを開けようとする。そちらもロックは解除されるものの、ガタガタ揺れるだけだ。

その間にも、ガソリンの匂いはどんどん強くなる。

（ヤバイぞ。このままじゃ……）

王子は気を失ったアリサを横抱きにし、足でドアを蹴破ろうとした。渾身《こんしん》の力で蹴りつけたとき、音を立ててドアが傾いた。そのままドアを外に向かって蹴り出し、倒れたドアの上を転がるように車外に出る。

車から離れようと駆け出した数秒後、コージュ王子の背後で爆音が轟《とどろ》いた。彼は風圧で吹き飛ばされながらも、アリサだけは離さなかった。

反対車線では、後続車両が急停止している。

降りて来たミヤカワ中尉が分離帯を飛び越え、血相を変えて走り寄る。

「殿下ーっ！　ご無事でしょうか？　アリサ……アリサは」

中尉の心配の半分以上はアリサに向けてのものだろう。堂々とアリサを守れる中尉が、王子は羨ましくて仕方がない。

（アリサは俺のものだ。誰にもやりたくない。他の何と引き替えにしても……絶対に！）

心の中で唱えて、グッと息を呑む。

そして、

「中尉！　そちらは大事ないか？」

「はっ。殿下にお怪我はございませんか？　アリサ、いえ、シンザキ秘書官は」

「私は大丈夫です。アリサも……気を失っているが怪我はないでしょう。中尉、彼女を頼みます」

コージュ王子はひとつの覚悟を胸に、アリサを中尉の腕に託したのだった。

＊＊＊

アリサがゆっくりと目を開けたとき、辺りは薄闇に包まれていた。見回すと、どうやら王宮正殿内にある医務室らしい。

壁にかかった時計の短針は、七の位置を指している。

「アリサ、大丈夫か？」

彼女の顔を覗き込んでいたのはミヤカワ中尉だ。

いったい何が起こったのだろう。彼女は頭がぼんやりして、記憶が混乱していた。確か、突然車が縁石に乗り上げ……何度も上下が入れ替わって、もの凄い音がして……。

アリサはハッとして叫んだ。

「殿下！　コージュ王子殿下はどちらです⁉　まさか、酷いお怪我をされたんじゃ」

「いや、ほとんど無傷だよ。そのままアイリーン王女と王宮に戻られた」

無傷の言葉にアリサは安堵《あんど》の息を吐く。

「でしたら早く殿下のお傍に。護衛官のあなたが殿下に付いてなくてどうするの？　殿下のお命を狙う者がいるのよ。お願い、殿下をお守りして」

呑気《のんき》な顔でアリサの横にいる中尉に、苛立ちを覚える。

あんなことがあったのだ。王子だけでなく、アイリーン王女も危険なはず。護衛官でなくとも、王宮親衛隊に所属する衛兵がプライベートを優先して許される事態ではない。

「仕方ないだろ……殿下のご命令だ」

ミヤカワ中尉はため息をつきつつ、そんな言葉を口にする。

「わからないわ。それってどういう意味なの？」

「意味も何も、そのままだ。殿下の命令で、俺はおまえを警護してるんだよ」

中尉はアリサにもわかるようにゆっくりと説明してくれた。

現在のところ、車両にはなんの細工も見られない。人為的なものではなく、運転手の心臓発作による事故。そんな予測で実況見分が進められているという。ただ、車は炎上してしまい、運転手の検死にも手間取っているらしい。

アリサは父が車両部にいる関係から、運転手全員と親しくしている。彼らは、半年に一度健康診断を受け、引っかかった場合は車両部内で運転から整備に交代させられてしまう。

あのリムジンを運転していたのは定年寸前の運転手ではあるが、健康診断で再検査になったこともない人物だ。

「事故って……じゃあ、運転手の健康管理に問題があったというの？　でも、とてもそんな」

「だから、仕方ないって言ってるんだ。殿下とも相談して、内部に不穏分子がいる以上、すべてがハッキリするまで、単なる事故として発表することになった」

ミヤカワ中尉の声は、これまでと微妙に違った。今がいかに差し迫った事態か、アリサはそれを察して口を噤《つぐ》む。

「競馬場での事件絡みで、殺人が起こってることも話した。拳銃を使った殺人、それもプロの仕業らしい、と」

コージュ王子と中尉は、アイリーン王女の部屋に蛇を放った犯人は死体とは別人だと考えていた。目的は護衛官の目を逸らすための〝陽動〟。真の狙いは、東の宮に爆弾をセットしてコージュ王子を殺害することだったに違いない。そう推測した。

「殿下がおっしゃっておられた。隠しカメラの痕跡があったなら、敵は……妃になる可能性もあるアリサも狙うだろう、と」

その言葉にアリサは頬を赤らめる。

王子もカメラのことを知ったのだ。ならば気づいたに違いない。ふたりの情事の一部始終が録画されていた可能性に。

――敵が一気に動き出したのは、王女の来訪の意味をここに来て知ったせいだろう。明日のレセプションパーティまで、私同様にアリサを守れ。

それがコージュ王子の命令だという。

「パーティまで？　殿下はそう言っておられたのね？」

「ああ、そうだ」

パーティが終われば、誰もアリサなど狙わなくなる。コージュ王子が王太子に決定し、アイリーン王女との婚約が確定すれば。

突きつけられた切ない現実に、アリサは涙で前が見えなくなった。そして彼女の流れる涙は、中尉の胸に吸い込まれて行くのだった。

東の宮の周囲は厳戒態勢だ。国王が眠る奥宮も同様だと聞く。アイリーン王女は迎賓館から王宮正殿内に部屋を移し、そちらの警備も厳重だとミヤカワ中尉は言っていた。

アリサは自室を出て、四階廊下の窓から外を眺める。サーチライトの灯りに浮かび上がった王宮全体を眺めながら、大きく息を吐いた。どこもかしこも煌々と照らされていて、不審な動きをするものはすぐにわかるようになっている。

そのまま廊下を歩き、王子の私室に繋がる扉を開けた。

「シンザキです」

内扉をノックして待つ。

しかし、中から返事は聞こえなかった。どうやら、コージュ王子は奥の寝室にいるようだ。アリサはそう判断して扉を開ける。

「――失礼します」

室内に入った瞬間、アリサはドキッとした。

扉の正面にコージュ王子がいたからだ。

彼は壁にもたれかかり、ジッとこちらを見て佇《たたず》んでいる。

いつからそこにいたのだろう？

どうして返事をしなかったのか、アリサには王子の考えが読めなかった。

「ノックが聞こえませんでしたか？　申し訳ありません」

アリサは丁寧に頭を下げた。

「いや……。目立つ外傷はなかったと聞いたが」

スッと背を向けた王子は、暖炉の前を通り過ぎ、奥のソファまで歩いて行く。

アリサはその後ろをついて歩きながら、

「はい。殿下のおかげです。ありがとうございました。それをご報告しようと思い、こちらに参りました」

それだけではなかったが……。アリサは切ない思いを胸の奥に押しとどめた。

王子はソファの背に腰を下ろし、

「カイヤ補佐官に言われたよ。ご婚約後の秘書官は男性がよろしいでしょう、だとさ」

長い脚を組み替えながら言う。

それはアリサも言われたことだった。

王子は公衆の面前でアリサを救った。これまでなら美談になるところだが、一部始終がテレビのニュースで流された直後、様相が変わってきた。

コージュ王子の、まるで愛しい女性を守ろうとするかのような態度に、一般市民の間からふたりの関係を怪しむ声が上がっているという。競馬場でも王子が守りたかったのは秘書官ではないか、という声も聞こえ始め……。

それらを受けて、コージュ王子を支援する政府関係者から、『妙齢の秘書官は王子に不適当』といった声が側近たちに寄せられた。

さらには、最悪なことに、カイヤ補佐官は一部の護衛官から〝四階の実態〟を聞いたらしい。

『私は助言を求めただけのつもりでした。まさか、そこまで指導するとは。これは、好ましいことではありませんね。予防に関しては、あなたの誠意を信じるしかありませんが』

カイヤ補佐官は、アリサからコージュ王子を誘惑した、そのうえ、故意に妊娠するつもりではないか、と疑っていた。

もし補佐官が敵に与しているとすれば、王子に子供ができるのは避けたい状況だろう。スキャンダルから王子が失脚するのは好ましいが、逆に後継者のいる王子は、王太子に相応しいと言われかねない。それが男子であれば尚のこと。

それほど、トーキョー王国の国民は〝女王〟ではなく〝国王〟を求めていた。

だがアリサは森で中尉と話したとき、補佐官のことで何か違和感を覚えたのだ。それが何か、いまだにわからない。

アリサは慎重に言葉を選び、『それに関してはお答えしかねます』そう言って押し通した。

「おまえも、秘書官を辞めたいんだって？」

「それは……」

辞める覚悟はできていた。

カイヤ補佐官に、リムジンの変更が事故に繋がったので責任を取りたい、と伝えた。

コージュ王子とベッドをともにしたから——では、絶対にない。ふたりの関係は、可能な限りごまかし続けるつもりでいる。

少なくとも護衛官たちは、ふたりが抱き合っているシーンを見た訳ではないのだから。

「俺は明日、二十歳になる」

「はい。おめでとうございます」

「前から考えてた。二十歳を過ぎたら、なるべく早く結婚しよう、って」

「それは……存じませんでした。あれほど多くのご縁談を、断り続けていらしたのに」

アリサは悲しみを押し殺し、微笑みを浮かべる。

すると、コージュ王子も同じように微笑んだ。

「父上から、王太子に指名されて……嬉しかったよ。母上もきっと、喜んでくれたと思う」

「殿下……」

それは十四年間、一度も見たことのない王子の顔だった。

「なあ、アリサ。一番大事なモノを手に入れるためには、諦めなきゃならないことってあるよな？」

「はい。仰せのとおりです」

「どれだけ大事にしたくても、全部は無理なんだ。俺が何を選んでも、おまえは許してくれるか？」

「……はい」

アリサはゆっくりと頭を下げ、王子の部屋から出て行こうとした。

これまでは、王子のほうが強引にアリサを求めてきた。王子の意思で続いてきた関係であって、アリサからは何もできない。

だが……。

アリサは衝動的に振り返り、コージュ王子に向かって駆け寄った。そのまま、王子の首に抱きつき——初めて、アリサからキスした。

「お願いです。どうか、最後のお願い……わたしを抱いてください」

それはありったけの勇気だった。

ところが、そんなアリサをコージュ王子は冷たく突き放したのだ。

「ダメだ」

「殿下……たった一度です。最後にもう一度だけ」

「アリサ！　勘違いするな。この俺が抱きたいから抱くんだ。おまえに、セックスを要求する権利はない。身分をわきまえろ！」

手の平を返したような拒絶に、アリサは王子の部屋から逃げ出すのが精一杯だった。

第四章　戦う王子

正殿内に急遽《きゅうきょ》用意された国賓用の部屋。その前に立つ衛兵がふたり。

空気がわずかに揺れた。柱に身を隠し、衛兵の動きを凝視する人影が……。サーモセンサーがあればそこだけ赤く光っただろう。その人物はしばらく様子を窺《うかが》い、やがてその場から離れたのだった。

「今夜は襲う隙がありませんか？　カイヤ補佐官殿」

人影の背後から声をかけたのは、ミヤカワ中尉だ。

彼の手には拳銃が握られている。なんと言っても、相手はすでに人を殺している。中尉は補佐官の動向に細心の注意を払った。

「君は、ミヤカワ大佐のご子息でしたね。東の宮から離れていいのですか？」

「殿下の許可は取ってあります。両手を頭の後ろで組み、ゆっくりと振り返ってください。さもなくば――発砲します」

セーフティを解除して構える。

国王第一補佐官は真面目一方の堅物。父であるミヤカワ大佐も『彼に限って』と疑問を口にした。だが、中尉の流した偽物の情報につられて、王女の部屋まで来たのは事実。

王女の居室は、動かしてはいなかった。

「トーキョー競馬場付近の川で、ある男が死体で発見されました。男は王室御用達、子供用玩具の製造会社に勤める社員です。そして調査により、その男があなたの指示で動いていたことが判明しました」

補佐官の眼鏡に常夜灯の弱い光が反射し、ふたりを取り巻く空気がいっそう張り詰める。

「すべては陛下のご命令ですよ」

カイヤ補佐官は目を閉じると、観念した様子で国王の名を口にした。

「その言葉ひとつを信用しろ、と?」

中尉は銃口を補佐官に向けたまま、言葉を返す。

すると、カイヤ補佐官は大きく息を吐いた。

「君の慎重さに敬意を表して、陛下のもとにお連れいたしましょう」

にわかには信じられない中尉だったが、補佐官に案内されて奥宮の広間に足を運んだ。

初めて立ち入った奥宮。建物内はどうにか足元が見える程度の灯りしかなく、勝手のわからない中尉には非常に不利な状況だった。

（まさかとは思うが、補佐官殿に嵌《は》められたんじゃないだろうな？　ここでやられたんじゃ、アリサが守れないぞ）

中尉の胸に不安がよぎったそのとき、カタンと音がして目の前の扉が開き、今年六十歳になられたハルイ国王が姿を見せたのである。

国王は中尉の顔を見て二、三度うなずき、重々しく口を開いた。

「ミヤカワ中尉も耳にしたことがあるのではないか？　陸軍の若い兵士の中から、近隣国家の安定に武力介入すべき、という声が上がっていることを……」

トーキョー王国の強大な軍事力は使用してこそ、真の意味で世界平和に寄与することになる――ミヤカワ中尉もそれらしき噂《うわさ》は聞いたことがあった。

だが、各軍から選抜されて国王に忠誠を誓った王宮親衛隊とは無縁のこと。コージュ王子やアイリーン王女が狙われた事件に関することなら、親衛隊に調査を命じて欲しかった。

そう答える中尉にカイヤ補佐官が口を開く。

「政府情報筋から、王宮親衛隊の中に戦争賛成派がいるようだ。そんな報告を受けたのです」

「まさかっ!?　親衛隊にそのような」

「さらに、我が国に武力介入し、強大な軍事力を盾に王位簒奪《さんだつ》を謀ろうとする動きがバジャルド王国に見られると報告がありました。バジャルドの王族の誰かが大金を動かし、それが我が国に流れ込んでいるという情報も――。ただ、接触した人間がわからないため、ミヤカワ大佐にも昨日までお話しすることができませんでした」

バジャルド王国はアジアにある小国のひとつだ。暗殺やテロにより統治者が次々と変わってきたが、ここ十年は安定している。経済規模をはじめ、国力はトーキョー王国に遙《はる》かに及ばない。だが政府が摑んだ情報によれば、この数年で軍事力は三倍になったらしい。世界には戦争により莫大《ばくだい》な金を稼ぐ人間がいて、そういった人間にとってバジャルド王国は〝お得意様〟なのだ。

「しかし、親衛隊の一部を買収したところで、軍を動かせるはずは……」

そこまで口にしてミヤカワ中尉はハッとして顔を上げた。

国王もジッと中尉を見ていて、

「私の責任だ。決断を先延ばしにしてきた、私の……」

強大な軍事力を持ちながら後継者の定まらない状態を続けてきたトーキョー王国。この状況で国王に万一のことがあれば、最高権力者不在のうちに、軍が権力を握ろうと暴走する可能性がある。

さらに問題は、貴族の後ろ盾を持つ三人の王子。個人の資質に過不足はないものの、誰を王太子に指名しても不公平感を生んでしまう。

国王は決断して、コージュ王子を王太子の位につかせるべく動いた。国王自らがワシントン王国のメアリ女王にホットラインで連絡を取り……アイリーン王女との結婚を条件に、極秘裏にコージュ王子への支援を取り付けたのだった。

ワシントン王国との結びつきが強化すれば、トーキョー王国の近隣で国家的規模の戦争は起こし難くなる。

強大な軍事力は抑制にこそ力を発揮する、そんな国王の信念をコージュ王子であれば受け継いでくれると期待した。

ところが、その情報がギリギリで外部に漏れたらしく……。

プリンス・コージュ杯のレース当日、カイヤ補佐官の情報網に『コージュ王子狙撃計画』の噂が飛び込んできた。

しかし、盗聴などで断片的に集めた情報なので証拠にはならない。軍も警察も動かすことができず……苦悩する補佐官にその情報をもたらした男は、

『なんとか表彰式を中止させてみます』

そう言い残して連絡を断った。競馬場を最後に足取りが消え、翌日殺された男は政府直

属の元諜報員《ちょうほういん》だった。

「王室専用ブースは全面防弾ガラスです。狙うとすれば、周囲のガードが減る表彰式しかないでしょう。彼はそう言いました」

ウィナーズサークルは見通しのよい場所に設置されている。比較的容易に、観客も近づくことが可能だった。男は自社の玩具を使い、馬を驚かせて計画阻止に成功したのだ。

「彼は情報収集が仕事でしたから、おそらく、犯人に姿を見られたのでしょう。気の毒なことをしました」

補佐官の説明に一応は納得しつつ、中尉は尋ねた。

「では、無毒の蛇を放ったのも補佐官殿ですか?」

「まさか。アイリーン王女に何かあっては、とんでもないことになります」

敵は親衛隊の中にいる。それなのに、名前はおろか人数も判明していない。コージュ王子とアイリーン王女が森を散策していたときも、補佐官は心配で周囲を個人的に警戒していたのだという。

昨夜も、彼は王女の身を案じて迎賓館の内部を巡回。そのとき、警報機の電源がオフになっていることに気づいた。それは明らかに内部の者の仕業だった。

「しかし、警報機が鳴ったことで、私は迎賓館へ駆けつけたのですが」

「もちろん、すぐに元に戻しました。同時に警報機が鳴ったのですよ」

補佐官が気づかなければ警報機が鳴ることはなかった。当然、本部にいた中尉が気づくのも遅れ、タカマ少尉らを東の宮に派遣することも遅れただろう。

中尉が考え込み、奥宮の広間は静寂を取り戻した。

すると国王は、

「ミヤカワ中尉。私は親衛隊を敵に回すつもりはない。ミヤカワ大佐のことも信頼している。君らは私たち王族のために、命を投げ出してくれる者たちだと、そう思っている。だが、親衛隊のごく一部の若者に行き過ぎた行動があるようだ。コージュは私に似ず、いかなるときも冷静沈着で私心のない人間に育ってくれた。後ろ盾は関係なく、四人の中で最も王に相応しいと思う。私の愚かさゆえに招いた混乱は、必ずやコージュが治めてくれるだろう」

「陛下！　そのようなことを迂闊《うかつ》に口にされては」

カイヤ補佐官が国王を諌《いさ》める。

国王という立場は孤独なのだろう。王室に残ったただひとりの男子——その重圧は中尉には計り知れない。

だが今の国王の言葉は、一般人女性を妃にしたことを……いや、愛を選び続けた自分は王に相応しくない、と言っているみたいだ。さらには、王太子を定めたらすぐにも譲位したい、そんなふうにも聞こえた。

補佐官も同じ懸念を持ち、声を荒げたに違いない。

ミヤカワ中尉は膝を折り、国王に言上した。

「おそれながら。コージュ王子殿下は、陛下に大変よく似ておられると思います。とくに、ひとりの女性を真摯に求めるお姿は……」

何か問いたげな国王を「詳細は補佐官殿よりお聞きください」とかわし、中尉は御前を辞したのだった。

＊＊＊

(これで、連中がアリサをターゲットから外してくれたらいいんだが)

コージュ王子は先日同様、陸軍の軍服に身を包んだ。王子として最上級の正装である。

これまでは、いつもアリサに手伝わせてきた。だが、今朝は別の女官を呼び、彼はアリサを無視したのだ。

擬似暖炉にひとつ、テレビに近いソファの隙間にひとつ、寝室はベッドの下にひとつとウォークインクローゼットの棚の陰にひとつ。王子自身がセンサーで確認したのはその四ヶ所。あえて取り外さず、盗聴器は生きたままにしてあった。

微弱な電波が王宮敷地内で確認されている。だがそれ以上のことは、さすがの中尉でも短時間では調査できなかった。

昨晩、アリサの警護はコージュ王子が引き受け、補佐官の動向を探るために中尉を王宮に向かわせた。

(結局、補佐官はシロか……)

深夜にあった中尉の報告を思い出しながら、王子は考えを巡らせた。

――戦争賛成派は、コージュ王子の護衛官の中にいる。

理由は明白で、東の宮の四階フロアには一部の女官とアリサ以外は立ち入り禁止の場所。

そして昨日、事故のあと自室に戻ったコージュ王子が盗聴器を発見した。

それらが意味することは……。

一昨日の夜、緊急だといって踏み込んできた護衛官たちの中に盗聴器を仕掛けた者がいる。その数、十九人。この人数なら半日もあれば怪しい人間の見当はつけられるはずだ。

(ギリギリ、正午までに間に合えばいいんだが)

ミヤカワ中尉との連絡は携帯メールで行うことになっている。盗聴を恐れてのことだった。

中尉はやはり、競馬場での一件が気になるらしい。疑いのある護衛官の絞り込みも兼ねて、彼は競馬場に向かった。何か摑めばすぐに連絡が入るはずだが、現在のところ知らせはない。

だが、正殿内に入ると携帯電話の使用は一切できなくなる。敵の連携を阻み、無線での爆破操作を妨害するために、ジャミング用の電波を流すことになっているからだ。

何があっても時間までには戻り、中尉にはアリサを守るように言いつけてあるが……。

コージュ王子は昨夜のことを思い返し、深いため息をついた。

(アリサを傷つけたかもしれない)

彼女の誘いを拒みたくなかった。本音を言えば、一度どころか何度でも抱きたい。彼女を抱いて死ねるなら本望だ。

だが、今の王子にはやらなければならないことがある。この窮地を乗り越えなければ、たったひとつの望みすら叶《かな》えることは不可能だろう。

「サーベルを」

王子が短く命じると、女官は金色に輝く陸軍指揮刀を恭《うやうや》しく両手で差し出した。

片手で受け取り、ほんの数センチ鞘《さや》から引き抜き——刃を確認する。

「行って来る」

指揮刀を腰に吊《つる》し、コージュ王子は一歩踏み出した。

＊＊＊

そこは十日前、四人の王子の誕生日を祝う舞踏会が行われた会場だった。

今また、盛大に飾りつけが行われ、正午開始の歓迎レセプションを待つばかりとなっていた。

「あら？　コレって何？」

給仕担当の女性職員が声を上げる。ステージの脇に置かれた五個の黒いアタッシュケース。ほんの数分前にはなかったものだ。

「ああ、さっき秘書官の方が来られて置いて行ったわ。レセプションに使うものだからって」

「ふーん」

別の給仕担当に言われ、不審そうな声を出すが……。

「ねえねえ、知ってる？　秘書官って言えば例のコージュ王子の秘書官」

「え？　なんのこと？」

あっという間に、彼女の意識は不審なアタッシュケースからゴシップに移った。

＊＊＊

「ああっ、クソッ！」

ミヤカワ中尉は携帯を手に苛々していた。今にも床に投げつけそうだ。先ほどからコージュ王子にメールや電話で連絡を取ろうと必死なのだが、まるで繋《つな》がらない。早めに王宮入りしたのかもしれない。そう考え、中尉は青ざめた。

ここ数日、ほとんど眠っていない。しかし、今はそれどころではなかった。

昨夜、国王の話を聞いたあと、父のミヤカワ大佐と連絡を取った。

父が国王から三百人に及ぶ衛兵すべての背後関係を探れ、と命じられたのが、わずか二日前だった。確実に信頼のおける数人で始めたため、調査は遅々として進まず。当然、中尉も調査対象だった。

道理で、息子が尋ねた情報に最小限の答えしか寄越さないはずである。

現在は身元が保証された衛兵の中から、奥宮とレセプション会場である正殿の警備担当が選ばれ、配置されていた。

中尉が調査に動ける時間は限られている。彼は警察庁の友人に映像のチェックを頼んでいた。その友人から呼び出しがあり、トーキョー競馬場までやって来たのが三十分前のこと。

そして、中尉は警備室で映像を見せられた。

映像は王室専用ブースを斜め上方から撮影したものだ。防弾ガラスの前に立ち、レースを観戦するコージュ王子の姿が映っている。アリサも一緒にいたはずだが姿は見えなかった。

『おっと、まだ先だった』

友人はそう言うと、キーボードで時間を指定した。すると、画面が急に切り替わる。そこにはふたりの護衛官の姿が映っていた。

あの日、親衛隊から同行した護衛官は中尉を合わせて五人。そのうちふたりがコージュ王子の両脇に付き、三人は距離を取って周囲の警戒に当たった。

画面に映っているふたりは、中尉が事前に専用ブースの危険物確認に向かわせたふたりだ。時間を確認したら、ウィナーズサークルでのアクシデント後で間違いない。

（どうして、事件のあとに専用ブースに入ったんだ？）

ガラスに近いところ以外は、出入り口の扉付近しか映らない。彼らが中に入り、三分程度で出て行ったところだけ映っている。

『どうして中が見えないんだ！』

悪態をつく中尉に、友人は苦笑しつつ説明した。

『この位置のカメラは監視用じゃないそうだ。サイトに掲載したり、マスコミに流したり、王族のポートレート用らしい。本来なら終了後すぐに撮影をやめるんだが、例の事故でうっかり回しっ放しになってたそうだ』

『だがこれじゃ、何をしてたかさっぱりわからないじゃないか』

『まあな。でも、何か持ってるぞ』

目を凝らすと、確かにひとりの手に何かが見える。黒い塊のようだ。ひょっとすると、隠しカメラかもしれない。

『ところが、だ』

友人はキーボードをポンポン叩《たた》き、別のカメラの映像を出す。

『専用ブースのある六階から直通のエレベーターに乗り、一階の監視カメラに映ったときには……』

『持ってない？』

どちらも、何も手にしていなかった。

ミヤカワ中尉は懸命に記憶を辿《たど》る。狙撃計画が事実で、このふたりが戦争賛成派であるなら、すでに狙撃失敗を知っていたはずだ。中尉はこのとき、もうひとりの護衛官とともにコージュ王子とアリサを連れ、急いで競馬場から離れていたところだった。中尉があとを託した人物は……。

『それで、次の画像だ』

それは正面入り口をゲートの外側から撮ったものだった。遠くにエレベーターの扉が映る。友人が軽快にキーボードを叩くたび、画面はズームして行き。そこに映っていたのは、エレベーターから降りて来たふたりを待ち構えるようにして、何かを受け取る護衛官の姿。

シュウ・タカマ少尉だった――。

その映像を見た瞬間、ミヤカワ中尉は警備室を飛び出した。

タカマ少尉が戦争賛成派なら……彼の妻、チグサ・タカマ国王第三秘書官も敵である可能性が高い。秘書官なら護衛官より王宮内で自在に動ける。現に今も、十九人の護衛官には監視がついているが、秘書官はノーチェックのはずだ。

中尉は王子と連絡を取るのを諦め、アリサの短縮ダイヤルを押した。

＊＊＊

携帯電話のコール音が聞こえる。

アリサは昨日の服を着たまま、ベッドから身体を起こした。泣きながら、いつの間にか眠ってしまったらしい。朝方の五時に時計を見たのは覚えている。今は……七時。二時間も眠れたなら充分だろう。

自分から求めて、辛辣な言葉とともに拒絶されてしまった——。

王子の態度は当然のことだ。いつの間にかアリサは、コージュ王子と自分が対等であるかのように錯覚していた。それは多分、〝シャインブロッサム〟のことを聞いたときから、あるいは、王子の口から結婚の言葉が出たときからかもしれない。

（対等であるはずがないのに……馬鹿なわたし……）

王子は遠回しに、王太子の指名を受けると言った。アリサではなく、アイリーン王女を選ぶという意味だ。彼は決して女性を弄んで喜ぶ人間ではない。自ら婚約者を決めた以上、アリサに触れるはずがないのだ。

すぐに零れ落ちそうになる涙を押しとどめ、アリサはのろのろと電話に出た。

「はい。シンザキです」

『補佐官のカイヤです』

アリサは瞬時に目が覚めた。ミヤカワ中尉が補佐官を見張ると言っていたはずだ。動きがあれば、力尽くで止める、と。

「あの……わたしに何か。まだ、時間は」

『ミヤカワ中尉の件でしたら、彼の疑問は解決しました。――今の王家は複雑で、君たちがコージュ王子のため内密に動くように、私も陛下のご命令で動いております』

「……はぁ」

少しも詳しい説明になってはいない。電話を切りしだい、中尉に連絡を取ろう。アリサがそう思ったときだった。

『本日の歓迎レセプション、ならびにコージュ王子の誕生パーティですが……。シンザキ秘書官、君はそのまま東の宮で待機するように』

「そ、そんな……それは……国王陛下のご命令ですか？　わたしは……決して殿下の立太子やご婚約の障害になるようなことはいたしません」

秘書官として、最後の仕事もできないなんて。アリサは懸命に言葉を選ぶが、

『これはコージュ王子のご命令です。今朝早く奥宮の陛下のもとに王子よりお電話がありました。すべてが終わるまで、君を東の宮から出さぬように、と。こちらから、護衛を回

して欲しいとのご希望です』

身の回りの世話もすべて、他の女官に任せるとのこと。アリサが何を訊《き》いても、カイヤ補佐官は『命令です』を繰り返し、電話は切れた。

コージュ王子を怒らせたのだ。

昨夜の態度から、国王やアイリーン王女の前でふたりの関係を暴露するのではないかと思われたのかもしれない。

やがて、廊下を行き来する忙しない足音が聞こえ、コージュ王子が廊下を通り過ぎて行く気配を感じた。途中で立ち止まることもなく、アリサにはひと声もかけずに。そしてコージュ王子の気配が消え、東の宮の四階は火が消えたように静まり返る。

アリサは人生の半分以上をかけて積み上げた大切な物が、音を立て崩れていくのを感じていた。


正午ちょうどに祝砲が鳴った。

遠くで歓声も聞こえる。レセプションの始まりだった。

同じ時刻、アリサは可能な限りの荷物をバッグに詰め込み、東の宮から退出する準備を整えた。

主君の不興を買った以上、王宮に勤め続けることはできない。パーティが無事に終われば、この厳戒態勢も解かれるはずだ。そうしたらすぐに出て行こう。

アリサはぼんやりと椅子に座り、そのときが来るのを待っていた。

すると、ふいをつくように携帯が鳴り始め、彼女は反射的に通話ボタンを押す。

「はい、シンザキ……え？　チグサさん？」

現在、東の宮の建物内はコージュ王子の命令により手配された護衛官と女官以外は立ち入り禁止になっている。チグサは建物のすぐ外まで来て、アリサの携帯に電話をしていると話す。

顔を見て話したいと言われ、アリサは正面玄関から外に出た。

「どうなさったんですか、チグサさん」

「いえ、こんな時間になってもアリサさんの姿が見えないので……」

チグサの返事に首を捻りつつ、アリサは辺りに気を配った。

目に映る範囲に怪しげなものはない。それに、アリサのすぐ後ろまでひとりの護衛官がついてきてくれている。そのことにも安堵《あんど》の息を吐いた。

「カイヤ補佐官から連絡があったんです。わたしは東の宮に待機、と。……コージュ王子殿下のご命令と聞いていますが」

そんなふうに答えたアリサの前で、チグサは不思議そうな顔をした。

「まさか！　そんなことありえないわ。私にあなたのことを尋ねたのはコージュ王子殿下なのよ」

その言葉はアリサに混乱をもたらす。

チグサは続けて、

「あなたはそれを殿下から直接お聞きになったの？　それとも……カイヤ補佐官から？　私、正直に言うとあの補佐官って信用ならないと思うの。同じ陛下の側近をしているからわかるんだけれど……」

言われてみれば、王子自身の言葉ではなかった。ミヤカワ中尉の件は解決した、と補佐官本人が言ったのだ。そして、中尉からの連絡はない。

迂闊に信用してよかったのか、アリサの胸に不安が押し寄せる。

「でも……わたし、殿下を怒らせてしまったんです」

アリサはうっかりそんな言葉を口にしてしまった。

「ああ、そのことなら殿下もおっしゃっておられたわね。昨夜のことは気にしてないって。もちろん、詳しいことは聞かなかったけど。ご自分は離れられないから、あなたを呼んで来て欲しいと命じられたの。そちらの護衛官も一緒でいいから、来てくれるでしょう？」

レセプションに出るつもりはなかったので、アリサは内勤用の地味なスーツ姿だった。

「こんな格好でレセプションなんて、着替えてきていいですか？」

「時間がないのよ。わかるでしょ？　抜け出したのがばれたら、ナムラ女史に何を言われるか……」

「じゃあせめて、携帯とバックだけでも」

「早くしてね」

チグサは苛々と腕時計に目をやった。

彼女に背を向けると、アリサは小走りに東の宮に戻ろうとした。後ろにいた護衛官の横をすり抜けるとき、わざとらしく小石に躓《つまず》いた格好でしゃがみ込む。

「どうかされましたか？」

護衛官が声をかけてきた。アリサの不自然な動作に気づいてくれたようだ。

「タカマ秘書官から目を離さないでください。お願いします」

「……それは、どういう」

「とにかく、言われたとおりにして！　お願いだから」

アリサは声を潜めながら、厳しい声で言った。

コージュ王子がアリサとのやり取りを気軽に他人に話すだろうか。しかしアリサには、それ以上に引っかかることがあった。

王子を怒らせてしまった、とアリサは言ったのだ。アリサと東の宮の女官は、コージュ王子の気性が荒いことをよく心得ている。だがそれ以外の人間にとって、王子は聖人君子のような存在だ。

普通なら、『まさか殿下に限ってお怒りになる訳がないわ』そんな言葉が返ってくるだろう。だが、チグサはなんの疑問も抱かず、王子が秘書官に向けた怒りを肯定した。それは彼が実際にアリサを叱りつけたことを知っている、ということ。

(どうして、チグサさんがそんなことを知ってるの?)

アリサの心臓は激しく鼓動を打ち始める。

競馬場の王室専用ブースに仕掛けられた痕跡があったというビデオカメラ。それが事実なら、東の宮にも仕掛けられているのかもしれない。

そう思い始めると、チグサの夫であるタカマ少尉の言動も気にかかる。アリサの部屋から出て来たコージュ王子に驚くことなく、平然と応対したという。随分と肝の据わった人物かと思ったが、初めから知っていたのだとすれば話は別だ。

アリサはスッと立ち上がり、東の宮に向かおうとした。

そのとき――。

「そういうことなら……あなたから目を離す訳にはいきませんね」

その護衛官はサーベルを抜き、アリサの背中に切っ先を押しつけていた。

王宮内において、護衛官をはじめ衛兵の主な武器はサーベルだ。奥宮の護衛官を除き、王宮内で拳銃の携帯が許可されているのは専属護衛官のリーダーのみ。コージュ王子の護衛官の中ではミヤカワ中尉のみだった。

「あなた……カイヤ補佐官の回した護衛官じゃないわね？」

アリサは護衛官を睨《にら》みつけ、必死で冷静さを装う。

そして思い出した。カイヤ補佐官に伝えたスケジュールは大まかなもので、トーキョースカイタワーが最後だとは知らなかったはずである。だからリムジンに細工することなどできない。できたとすれば、あのとき車両を用意したタカマ少尉しかいない。

アリサの問いに男はニヤリと口角を上げた。

だが、彼女に答えたのは……。

「おとなしくついてくれればいいのに。馬鹿な女ね。ま、コージュ王子を色じかけで誑《たら》し込んだ女だもの。仕方ないわねぇ」

そう言いながらチグサはゆっくりとアリサに近づいた。

結い上げた髪はひと筋の乱れもなく、分厚い眼鏡の奥で黒い瞳が怪しく光っている。信じられないほど凶悪なチグサの表情に、アリサは恐怖を感じて足が竦《すく》んだ。

そんなチグサがポケットから取り出したのは、コージュ王子に跨《また》がるアリサの写真だった。ビデオの画像を印刷した物らしい。写りは粗いがふたりの行為はハッキリとわかる。

「私もマスターテープを見たわ。あなたたち、いつからこんな関係なの？　五歳も年上のくせに、よく恥ずかしげもなくあんな真似ができたものね。コージュ王子も国民を騙《だま》してたなんて」

「殿下のことを悪く言わないで！」

コージュ王子を悪く言われ、反射的にアリサは言い返した。

「ふーん。あなたって、王子のお妃の座でも狙っていた訳？」

「違うわ！　わたしは……」

「そうよねぇ。——最後のお願い、もう一度だけ抱いて——なんて、言ってたものねぇ」

それは昨夜の台詞に間違いなかった。やはり、隠しカメラか盗聴器が仕掛けられていたのだ。

「残念だけど、あなたを見逃すことはできなくなったわ。だって、妊娠でもしてたら厄介だもの。さあ、正殿まで行きましょうか。コージュ王子と一緒に死なせてあげる。嬉《うれ》しいでしょう?」

それは、これまでのおとなしいイメージからは想像もできない姿。チグサはさも嬉しそうに笑うと、アリサの脇腹にナイフの刃を押し当てた。

その間に、護衛官は東の宮に駆け戻る。

――コージュ王子の命令により、シンザキ秘書官はレセプションに出席することになりました。正殿までは自分が護衛します。

彼は女官にそう伝えたはずだ。女官たちの目には、同僚の女性秘書官と並んで立ち〝にこやか〟に手を振るアリサの姿が見えただろう。まさか、隣に立つ同僚の手にナイフが握られているなど思う訳もない。

(なんとかしなくては……)

アリサは気持ちばかりが焦った。

「ねぇ、どうして?　チグサさん……どうしてあなたがこんな」

「夫は私と結婚したことで、コージュ王子の護衛官に抜擢《ばってき》されたのよ。彼は、私たちと違って一般採用の衛兵だから」

それはアリサも知っていた。代々王家に使える家系とそれ以外の一般採用者。同じ平民であっても、そこには歴然とした差がある。

アリサやミヤカワ中尉の家、そしてチグサの家も、何代にも亘《わた》り王家に仕えてきた。幼いころから王家に忠誠を誓い、そのための教育を施されて成長する。採用試験とは名ばかりの、半ば世襲制だ。

一方、王宮の職員で一般採用されるのは、平の衛兵か事務官がせいぜい。どれだけ優秀でも側近にはなれない。各軍から推薦を受けて王宮親衛隊に登用され、護衛官に抜擢されることが一番の昇進といえる。

シュウ・タカマはチグサと結婚することでなんとか少尉に昇進した。それが三年前のことで、上司は十歳も年下のミヤカワ中尉だった。

「採用や昇進のシステムに不満があると言うの？　それと王子の命を狙うことと、なんの関係があるの？」

「彼は平等に評価してもらえるチャンスが欲しいのよ。それには、軍人として腕を揮《ふる》う場が必要なの。戦争ほど英雄が誕生する場所はないわ。それに、素晴らしい軍事力を世界平和のために使わなくてどうするの？　経済の活性化にも繋がって、国民のためにもなるのよ」

そんな国内の過激派が口にするような台詞を、まさかチグサから聞くとは思ってもみなかった。

「馬鹿を言わないで！　その結果、国は焦土と化して、わたしたちは大事な人を失うのよ。何世紀、何十世紀もかけて、人間が繰り返してきた愚かな過ちだわ。わたしたちはそれをしない！　軍事力はそんなことのためにあるんじゃないわ！」

だがアリサの叫びも、チグサの耳に届くことはなかった。

彼女は歌うように語り続ける。

「国王は穏健派で、ワシントンの女王に擦り寄ることしか考えていない。そしてコージュ王子は最も危険な存在……」

コージュ王子の背後には何もない。それは逆に、彼が国王になった場合、どんな後ろ盾が付くかで国家の方針が変わってしまうということ。

他の王子たちの後ろにいるのは貴族だ。それぞれの母親の実家に繋がる貴族たちは、自分たちさえ安全で資産が増えるなら、たとえ戦争になっても文句は言わないだろう。

「私の夫をバックアップしている組織は、これ以上ワシントン王国と仲よくなって欲しくないらしいの。でも、敵には回したくない。……苦労したわ、アイリーン王女と一緒のときは王子を狙えないんだもの。あの蛇を見て、王女が泣いて国に帰ってくれたらよかったのに」

森の中の通路を歩いて三人は正殿へ向かう。護衛官は少し離れたところを歩き、アリサの横にはチグサがピタッと寄り添った。

「今日のレセプションにはアイリーン王女もいらっしゃるわ」

「ええ、そうよ。だから、あなたにはここで少し時間を潰してから来てもらうつもりよ」

そう言って指し示したのは、例の死体が見つかった人工池の東屋。

思えば、王子のデート用に森の監視カメラを取り外したのは失敗だった。熱センサーは残っているものの、これではそこにいるのが誰か識別できないし、証拠にもならない。

「あなたにはすべての事件の犯人になってもらうわ。理由？　決まってるじゃない。シンザキ秘書官は、国民の宝とも言うべきコージュ王子を色じかけで陥落し、お妃の座を狙ったの。でも王子に捨てられて……国王陛下も巻き込んで心中するのよ。素敵なシナリオでしょう？　証拠の映像や音声もあるから、誰も疑わないわ。……ご愁傷様」

アリサの出番はアイリーン王女がお召し替えに王宮から出たあと——。

嘲笑うような視線をアリサに向けたあと、チグサはレセプションに戻って行った。


アリサは護衛官とふたりきりで東屋に残された。

護衛官は下士官でトダと言った。トダも陸軍から選抜されて親衛隊に入ったらしい。その経歴からも優秀な兵士なのは明らかだ。アリサはロープや手錠で拘束されている訳ではなかったが、素人の彼女に逃げ出せるような隙はなかった。

ふたりきりになった途端、トダはアリサの身体を舐《な》めるようにみつめ始めた。

「そういや、競馬場でもそんなスーツを着てたよな」

唐突に話しかけられ、アリサは横を向く。

池のほぼ中央、浮き島に建てられた東屋の中だ。東屋はそれなりに目隠しされているが、基本的に扉もなければ窓もない。素通しの空間である。

誰か、近くを通りかかってくれないか、と思うが……。

ただでさえ、今日は各出入り口と王宮正殿の警備に人が集中している。こんな森の真ん中まで人がやって来るはずがない。

もし来るとしたら、それはチグサやこの男の一味だろう。

「スーツ姿の秘書官との情事……ね」

トダが思い浮かべているのは盗撮画像に違いない。

アリサは相手にせず、毅然《きぜん》として顔を上げていた。

「あんなお子様のプリンス相手じゃ、ろくに楽しめんだろうに。死ぬ前に、俺が気持ちよくしてやろうか？」

トダは一瞬で間合いを詰め、アリサの真横に立った。片方の手をスカートの中に押し込み、太ももに触れてくる。

直後、その手を勢いよく払い、アリサはトダを怒鳴りつけた。

「わたしに触らないで！　私利私欲のために軍事力を利用するなんて、テロ組織と同じじゃない！　彼らはまだ犯行声明を出すだけマシね。あなたたちは〝世界平和〟や〝国民のため〟と口にしながら、わたしに罪を押しつけようとしている。単なる殺人集団よ！」

瞬く間にトダの形相が変わった。彼はアリサの髪を摑むと床に引きずり倒す。

「きゃあっ！　いやっ」

トダはサーベルを引き抜き、床に突き立てた。

アリサの白い首筋に赤い線が引かれ、冷たい刃の感触が小さな痛みとともに肌を伝う。銀色の光が目の端に映り、アリサは死を意識した。

「少しでも首を動かしたら血管が切れるぜ。でかい声を上げても同じだ。俺が楽しむ間、ジッとしてろ」

白いブラウスがキャミソールごと引き裂かれた。ボタンが弾け飛び、コロコロと床に転がる音がやけに大きく聞こえる。スカートを腰の上までめくられ、上下の下着も次々に剝ぎ取られた。

四月の冷たい風にアリサの肌は総毛立つ。木で組まれた天井と獣のようなトダの顔が見え、彼女はギュッと目を閉じた。

＊＊＊

『タカマ少尉と下士官のホンダにモリサワ、その三人を緊急逮捕してください。あと、東の宮の四階フロアに入った護衛官全員を拘束。不審な動きをする人間を片っ端から取り押さえて……』

それは歓迎レセプションの最中だった。

コージュ王子はカイヤ補佐官に王宮事務室まで案内され電話を取る。受話器から流れてきたのは、切羽詰まったミヤカワ中尉の声だ。

「中尉、落ちついてください。その三人には証拠があるんですね？」

『そうです！　早く……あ、少尉の妻は秘書官です。彼女も至急拘束してください！』

中尉の言葉を聞きながら、サラサラとメモに名前を書きとめ、それをカイヤ補佐官に見せる。ミヤカワ大佐に連絡を取り、直属の部下に逮捕させるよう……そういった内容だった。

『殿下！　アリサは……彼女は無事なんですよね？　携帯にかけても出ないんです』

「東の宮に待機を命じています。護衛は大佐の部下から回してもらいました。ですから彼女に危険は」

コージュ王子がそこまで言ったとき、脇にカイヤ補佐官が立つ。

「お待ちください、殿下。ミヤカワ中尉の名前で、レセプション直前、護衛官を替えるように通達が来ていました。間違いなく、親衛隊本部の中尉専用ファクシミリから送信されたものでした。ですから、私も了解したのですが……」

カイヤ補佐官の顔は青ざめている。

そんな補佐官の声が聞こえたらしい。受話器からは『違う！　俺はそんな指示は出していないっ！』そう叫ぶ中尉の声が流れた。

ドクンと胸の鼓動が聞こえ、コージュ王子の中でスイッチが入った。

一瞬で汗が噴き出し、式典用のシルクシャツが濡《ぬ》れて肌にはりつく。呼吸が乱れ、耳鳴りがして、身体中に熱いものが漲《たぎ》ってきた。

「この、馬鹿野郎っ！　どうしてそれを先に言わないっ！」

彼らにとって初めて耳にする王子の怒声だ。

どんなときでも慈愛に満ちた笑みを絶やさず、身分など関係なくひとりひとりに優しい言葉をかける。そんな天使の化身とも言うべきコージュ王子が……。

「東の宮に連絡だ。アリサの所在を確認させろ。王宮の出入り口はすべて封鎖。ネズミ一匹外には出すな！　怪しい護衛官はすべて取り押さえろ。――くそったれ！　アリサに何かあってみろ。全員この手でぶっ殺してやる！」

拳を握り締め、王子はガンッとスチール製のデスクを殴った。それほど丈夫なものではなかったのか、表面がわずかに凹む。

そんなコージュ王子の激昂《げきこう》ぶりに、カイヤ補佐官をはじめその場にいた全員が、口をあんぐりと開けたままだ。

今度はそんな彼らに向かって、

「ボケッとするな！　さっさと行け！」

そう怒鳴りつける。

『殿下！　今、そちらに向かっています。道が混んでいて……三十分はかかります。どうかアリサを』

「わかってる。アリサはどんなことをしても俺が守る！」

『……殿下、それはどういう』

中尉の問いかけを一方的に遮り、コージュ王子は受話器を叩きつけた。そのままレセプションを放り出し、東の宮に向かった。

王子が東の宮に到着したとき、すでにカイヤ補佐官からの連絡が入っていた。

秘書官のチグサがアリサを迎えに来て、ふたりは王宮に向かった。もちろん、護衛官も一緒だった、と言われ……王子はギリギリと奥歯を軋《きし》ませる。

東の宮から王宮までは一本道だ。遠回りするつもりなら北の宮経由でも王宮には辿り着ける。他には森の中に通る数本の脇道と、西の宮を経由する脇道が一本あった。

そのとき、王子のもとにひとつの報告が入る。

それは森の中、池の浮き島でサーモセンサーが人間の体温を感知している——というもの。信頼できる護衛官を集めてからすぐに向かわせます、という無線の声に、

『信頼できる護衛官は陛下のお傍に。こっちは数人でいい。一刻も早く、タカマ少尉を探せ!』

彼は叫ぶように答えて走り出す。

数分で目的の場所に到着し、東屋の正面に立った。同時に、しゃがみ込む男の背中が目に映る。男の左右から見えるのは真っ白な二本の脚。それは下士官のトダが、アリサの脚

の間に割り込んだところだった。

コージュ王子は懸命に怒りを抑える。

静かに丸木の橋を渡り、東屋の入り口に近づく。

「動くなよ。ちょっとでも動いたら首がザックリ切れちまうぞ」

中からはトダの下卑た笑い声が聞こえる。

すぐにも飛びかかりたい衝動に耐え、コージュ王子は音も立てずにサーベルを引き抜いた。

「よがり声も上げげんじゃねえぞ。いい子にしてたら天国にイカせてやるよ」

「――貴様は地獄に逝くがいい」

王子はトダの背後に立ち、首筋にピタリと刃を当てて言う。

「そのまま、指一本動かさずアリサから離れろ。従わねば――殺す」

「これは、これは、殿下。この女は男なら誰でも咥《くわ》え込む、娼婦《しょうふ》のようなものです。殿下もよくご存じなのでは？」

トダはわざとらしくアリサを見下ろし、コージュ王子を挑発する。

「無駄なことはするな」

王子の短い命令に、トダは舌打ちしつつアリサから身体を離した。

トダのサーベルは木の床に斜めに突き刺さり、アリサの動きを完全に封じている。頸動《けいどう》脈《みゃく》に数センチといった辺りか。

「アリサ、そのままゆっくり身体を右にずらせ。立ち上がったら、俺の後ろに来るんだ」

アリサはビクビクしながら、ようやく銀の刃から逃れる。王子がホッと息を吐いた瞬間、隙をついてトダが王子の身体に飛びついた。

コージュ王子はトダの喉を切り裂くことに躊躇《とまど》いを覚え――二秒後にはトダに背後を取られ、サーベルを持つ右手を押さえ込まれていた。

「殿下っ！」

泣くようなアリサの声が東屋に響く。

「顔と頭がいいだけの聖人君子様かと思いきや、年上の愛人をお持ちとは羨ましい限りですねぇ、殿下。あんたが死んだら時代が変わる。俺たちのような下っ端でも、腕一本で名前を挙げることができる世の中になる。どうせ、あんたはいらない王子様だ。――とっとと死んでください」

手にしたサーベルの刃が、王子自身の首筋に近づいてくる。

トダとコージュ王子では体格に大きな差があった。そして『どうせいらない王子様』そのひと言に胸を抉《えぐ》られるような衝撃を受けていた。

だが今は、そんな痛みぐらいで自分を哀れんでいる場合ではない。

「笑わせるな。自国の王子に刃《やいば》を向ける——貴様に相応しい呼び名は、罪人以外の何者でもない！　恥を知れ！」

コージュ王子の凛然《りんぜん》たる叱声に、トダはわずかに怯《ひる》む。

その一瞬の隙に、王子は自らサーベルを手放した。膝を曲げ、素早く床に転がり、起き上がって身構えたとき、トダは奇声を上げて突っ込んできた。

トダの手には王子から奪い取ったサーベルが握られている。

振り下ろされる寸前——空気の弾ける音とともに火花が飛び散った。

片膝立ちで構えるコージュ王子の手には、灰色の鈍い光を放つ一丁の拳銃が握られている。

銃弾はトダの右肩を貫いた。彼は苦痛に満ちた呻《うめ》き声を上げ、もんどりうって床に倒れ込む。

それでもトダはサーベルを床につき、どうにか立ち上がると橋を渡って逃げようとした。

(正体が知られた上に手負い。今、この男を野放しにするのは危険だ！)

とっさにそう判断して、王子は立ち上がるなりトダの左足を撃ち抜く。トダは橋の上に倒れたまま動かなくなった。

「アリサ、動けるか？」

「……殿下……」

コージュ王子が手にしているのは王宮親衛隊が使用している公式拳銃だ。それを腰に付けたホルスターに仕舞い、アリサに歩み寄る。

間近で見ると、アリサの身体はボロボロだった。あちこちに擦過傷があり、髪も酷い有様である。

彼女はスーツの前を押さえて胸元を隠す。だが、肩にはブラジャーの紐《ひも》でつけられたような青痣《あおあざ》が見え、床には無残にも引き千切られたショーツが……。

コージュ王子はふたたび腰に手をやると、

「あの、クソ野郎、頭に一発ブチ込んでやる！」

「ま、待ってください。わたしは大丈夫です。殿下のおかげで……でも、どうしてここに？　今はレセプションの最中では？　わたしのことより、早く王女のもとへお戻りください。タカマ秘書官は夫である少尉のために、王宮で何かするつもりなんです！　陛下とアイリーン王女を守らないと」

「タカマ少尉らのことは心配いらない。ミヤカワ大佐直属の部下が、逮捕に向かっている。タカマ秘書官も、カイヤ補佐官が拘束するはずだ。とにかくおまえを安全な場所に避難させるのが先だ」

王子が答えると、アリサの瞳に薄らと涙が浮かび上がった。

「殿下……あの、いつの間に拳銃を」

通常なら、王族が拳銃まで携帯することは稀《まれ》だ。

「陛下に許可をもらった。今は非常事態だからな」

言いながら、コージュ王子は意識を失ったトダの手からサーベルを取り上げた。

やはり、拳銃よりこっちのほうがしっくりくる。そんなことを考えつつ、サーベルを鞘に戻した。

「さあ、来るんだ、アリサ」

コージュ王子はアリサの手を摑もうとしたが、彼女は引っ込める。

「ダ、ダメです。手を繋ぐなんて、他の方に見られたら……」

「そんなこと言ってる場合かっ!?　嫌がるなら、担いでも連れて行くぞ。おまえだけは絶対に守る。そのために鍛えてきたんだからな!!」

アリサの手を強引に摑んで引っ張り、コージュ王子は丸木橋を渡ろうとした。

そのときだ。

「コージュ王子！　死ねぇーーっ！」

護衛官の制服を着たひとりの男が、奇声を上げながら橋を駆け抜け、正面からコージュ王子に斬りかかってきた。

男の顔に露ほどの躊躇いもなく、ただただ、コージュ王子の命を奪おうとしている。

それに気づいたとき、王子の胸から迷いが消えた。

とっさにアリサを東屋に向かって突き飛ばし――同時にサーベルを引き抜く。

コージュ王子は問答無用で、男の身体を下から斜め上に斬った。確かな手ごたえとともにサーベルを振り切り、構え直す。

足元に護衛官の制服を着た男がうつ伏せで倒れ込んだ。男から流れ出る血が池に滴り落ち、水草を赤く染めていく。

「なかなかどうして、たいしたものですねコージュ王子殿下」

橋の正面に立ち、薄ら笑いを浮かべていたのはタカマ少尉だった。隣に立つのはおそらく下士官のホンダといったか。そうなると、王子が斬った男は下士官のモリサワかもしれない。

「おまえたちの背任行為について、ミヤカワ中尉が証拠を押さえたと言っている。諦めて投降せよ。――タカマ少尉、どこの誰に唆《そそのか》されたかは知らんが、私ひとり殺したところで、我が国は戦争など起こさん。無駄なことだ」

「そんなこと、やってみなければわからないでしょう？」

そう言ってタカマ少尉が手にしたのは、サーベルではなく拳銃。

「貴様に拳銃の携帯許可は下りていないはずだ。すぐに衛兵が飛んでくるぞ」

「チップに細工をしました。モニターの画面では、奥宮の護衛官が駆けつけたように見えるはずですよ」

拳銃には一丁ずつチップが取り付けられている。それだけで誰の銃かすぐにわかり、王宮敷地内のどこにあるのか親衛隊本部のモニターで確認できるシステムだ。

おそらく、タカマ少尉は奥宮の護衛官のチップを奪い、付け替えたのだろう。

少尉自身の拳銃がここで確認されたら、衛兵らが飛んでくるはずだ。しかし、奥宮護衛官が王子の傍にいると判断されたら、そのまま見過ごされてしまうだろう。

頼みの綱はトダを撃ったときの発砲音だが……。とても正殿や親衛隊本部まで届いたとは思えなかった。

もうひとりの下士官のほうを見ると、拳銃を所持しているのは少尉だけのようだ。

少尉も、そんな王子の視線に気づいたらしい。

「さすがに複数は調達できませんでした。王子のサーベルの腕前はミヤカワ中尉並みと聞いています。だが、射撃はそれほどでもない。違いますか？」

銀色の銃口がコージュ王子を睨んでいる。

王子は呼吸を整えた。仮にコージュ王子が死んだところで、王子は他に三人もいる。父王が嘆くことも、国民が困ることもないだろう。だが自分と一緒に、アリサまでこの場で殺されることだけは、なんとしても避けたい。

春の風に飛ばされ、森の中にはない桜の花がコージュ王子の前に舞い落ちた。

桜の盛りは過ぎ、すでにほとんどの木の花が散ったはずなのに。たった一枚、それはひらひらと踊るように揺れ……。

——風が止まる。

引き金にかかったタカマ少尉の指がかすかに動く。同時に、コージュ王子は体勢を低くして、逆手に持ち替えたサーベルを矢の如く放った。

次の瞬間、乾いた発砲音が耳に響き、衝撃が左肩を襲う。その痛みは炎に焼かれたように熱く、コージュ王子の身体は傾いた。

火薬の匂いを嗅いだのは、銃弾が肩を掠《かす》めたあとだった。

「殿下っ、殿下！　殿下ーっ！」

背後からアリサの駆け寄る足音が聞こえた。

「来るな！　ガゼボから出るんじゃないっ！」

コージュ王子の投げたサーベルは目くらましに過ぎない。体勢を整えたら、少尉は二発目を撃つだろう。その前に——。

王子は痛みを堪え、腰のホルスターから拳銃を抜くと、床にうつ伏せに飛び込んだ。

「俺たちは戦場に出る！　最強の軍事力で——世界を平和に導く英雄になるんだーっ！」

少尉の雄叫びが聞こえた。

彼はふたたび銃を構え、コージュ王子に照準を定めている。

それはほんのわずかな差だった。

王子は片肘で身体を支え、寝撃ちで発砲する。続けて三発。うち二発がタカマ少尉の腹部に、一発が右腕に命中した。

被弾の衝撃で、少尉は踊るように背中から地面に倒れる。

しかし息つく暇もなく、少尉の手から零《こぼ》れ落ちた銃を下士官のホンダが拾い上げた。そして銃口をコージュ王子に向けようとする。

だが——。

「なんでこんなガキひとり……に……っ！」

引き金を引く寸前、ホンダの腹部に二発の銃弾が撃ち込まれた。王子は橋の上を転がり、欄干に右腕を固定して発砲したのだ。

「ガキで悪かったな。だが、こんな役立たずの王子ひとり始末できないで、どんな戦場で英雄になるつもりだ？」

コージュ王子が口の中で呟《つぶや》きながら、弾切れの拳銃をホルスターに納めたとき、背後からアリサの叫び声が聞こえた。

「殿下、後ろーーっ！」

頭の後ろで風を切る音がした。

振り向くより先に、コージュ王子はふたたび床に転がる。たった今まで、彼の首があった空間をサーベルの刃が切り裂いていた。

ゾンビのような形相で立っていたのは、タカマ少尉に先駆けて突っ込んできた下士官モリサワだ。王子のサーベルを身体に受け、すでに死んだものと思っていた。

「……おまえも道連れだ……コージュ王子、死ね……」

途切れる声、荒い呼吸で肩を上下させつつ、モリサワは王子に斬りかかる。

タカマ少尉の弾は王子の左肩を掠めただけだったが、肩から下が自分のものではないかのように重く感じる。素早く逃げることもままならず……反撃する武器もない。

王子は橋の上を転がって逃げるが、その上にサーベルが振り下ろされた。仰向けで動きを止め、モリサワの手首を右手で摑む。身体全体を使って、サーベルごとモリサワを横に振り払おうとするが……片手では思うように力が出ない。

モリサワは傷口が裂けるのもかまわず、サーベルに全体重を乗せてくる。血走った目で最期の力を振り絞るかのように。

(まずい、これでは……力負けする)

コージュ王子の喉元に白刃《はくじん》が迫る。

そのとき、ふいにモリサワの力が弱まった。

＊＊＊

(殿下が殺されてしまう……わたしのプリンスが……)

そのとき、アリサの目に一本のサーベルが映った。

東屋の床にトダが突き刺したもの――アリサは無言でそれを引き抜いた。二キロにも満たないとはいえ、腕にグンと重みがかかる。

アリサは両手でしっかりとサーベルを摑み直すと、躊躇うことなく突進した。

刃先がモリサワの背中に触れ、そのまま吸い込まれていく。彼は驚いた表情で振り返り……直後、糸が切れたように崩れ落ちた。

「ア、アリサ……おまえ」

コージュ王子の声に彼女は現実に引き戻された。

足元にはモリサワが転がっている。目を剝き、小刻みに痙攣《けいれん》し、今にも息を引き取りそうだ。

アリサは血まみれのサーベルを摑んだままだった。離したいのに手が離れない。まるで接着剤で固められたかのようだ。

「あ……あ……わたし、人を殺して……」

コージュ王子は跳ね起きるようにして立ち、アリサの横に駆け寄る。

「こいつは王子殺害を企てた反逆者だ！」

「でも……」

王子は問答無用でアリサの手からサーベルをもぎ取った。そして……あろうことか、ふたたびモリサワの身体に突き立てたのだ。

一瞬で痙攣が止まり、それはただの屍《しかばね》となる。

「殿下っ!?」

「俺が殺した。おまえは俺を助けただけだ。余計なことは一切考えるな！　これは王子としての命令だ、わかったな！」

夢中でしたこととはいえ、人の背中に刃物を突き刺してしまった。

震えの止まらないアリサを、王子は渾身《こんしん》の力で抱き締めてくれた。その身体からは、咽せるような火薬と鉄の匂いがして……。

「肩から、血が……わたしのせいで……」

アリサの瞳からポロポロと涙が零れた。

申し訳なさに身が竦むほどなのに、王子が助けに来てくれたことが嬉しくてならない。

喜んではダメだと自分を戒めても、心がいうことを利かない。

「殿下……殿下……」

側室でも愛人でもかまわない、傍にいさせて欲しいと叫びそうになる。それを必死で堪えながら、アリサはコージュ王子に抱きついた。

「アリサ……傷が痛い」

「あ、すみません、わたし……」

慌てて離れようとしたが、今度は王子のほうが離してくれない。

「あ、あの、手を離してください。すぐに御典医を……きゃ！」

「そんなものはいいから、俺にキスしろ。アリサがキスしてくれないと、死にそうだ」

「で、殿下っ！　そんなこと言ってる場合じゃ……」

右手をアリサの腰に回すと、王子は顔を彼女の肩に乗せた。思いのほか息が荒い。本当は立っているのが辛いのかもしれない。そう思うと、アリサも王子の身体を支えるように抱き締める。

「キスして、アリサ。俺は〝いらない王子じゃない〟と……おまえには俺が必要だと、そう思わせてくれ」

アリサは精一杯の微笑みを浮かべ、

「殿下はわたしにとって命より大切な方です。殿下の身に何かあれば、わたしも生きているつもりはありません。だから、もうこんな無茶はなさらないで……お願い……」

自分からコージュ王子の唇に口づけた。

ソッと唇を重ねるだけのキス。それは強くて気高いプリンスを、自分だけのものにしたような幸福をもたらすキスだった。

血と硝煙の匂いを打ち消してしまうほど、優しく穏やかな時間がふたりを包み込む。

辺りが甘やかな空気に満たされかけたとき――。

「殿下、コージュ王子殿下！　どちらにいらっしゃるのです⁉　ご無事でございますか⁉」

そんな声とともに、森の中から大勢の足音がした。

だが、王子の顔に浮かんだのは安堵ではなく、緊張の色。小さく舌打ちしてアリサを背後に庇《かば》い、モリサワの身体からサーベルを抜き取った。

駆けつけた衛兵が、敵の一味であった場合を考えているに違いない。

(わたしも戦うわ！　殿下を守るためなら、人殺しになってもいい)

アリサも覚悟を決めたが……。

幸運なことに彼らは間違いなくミヤカワ大佐の部下だった。

「タカマ少尉がリーダーを務めるピストル射撃のサークルが活動拠点になっていました。サークルメンバーは若手の親衛隊員で構成されており、人数は九人。うち五人をすでに確保。残り四人は……」

コージュ王子に撃たれた少尉本人と、下士官のホンダ、足元に転がるモリサワ、東屋の近くに倒れたままのトダ、以上の四人。

モリサワ以外の三人は息があり、駆けつけた衛兵らにより運ばれて行く。

ようやく、アリサの全身から力が抜け……そのとき、大きな軍服が彼女の身体を包み込んだ。

「胸が見える。前のボタンをしっかり留めろ」

軍服の丈夫な生地が破れ、肩口が焼け焦げていた。シルクの白いシャツ一枚になると、王子の左肩が血で染まっているのがわかる。

「誰か！　すぐに御典医を呼んでください！　殿下の傷の手当てを」

「そんなことより、タカマ秘書官も拘束したんだろうな？」

「殿下⁉」

アリサの心配を無視してコージュ王子は衛兵に尋ねる。

ところが、「王宮の敷地から出ていないのは間違いないのですが……」信じられないことに、秘書官のチグサがいまだに見つからないと言うのだ。

報告を聞いた直後、木々を揺るがすほどの怒声が森全体に響き渡った。

「馬鹿者ーーっ‼　なんでそれを先に言わないっ！　奴らには時限爆弾を作る技術があるんだぞ！」

コージュ王子のどこにこれほどの力が残っていたのだろう？

そのとき、アリサはチグサの言葉を思い出す。『国王陛下も巻き込んで心中』確かにそう言った。

アリサがそのことを王子に伝えたとき、彼は正殿に向かって走り出した。

国王は専属護衛官に守られ奥宮に避難していた。アイリーン王女も迎賓館に引き上げている。

正殿内は衛兵が駆けずり回り、懸命にタカマ秘書官の捜索に当たっていた。

「タカマ秘書官はまだ見つからんのか⁉」

正殿に飛び込むなり、コージュ王子は叫んだ。

一ヶ所に集められている招待客や、レセプションパーティのスタッフは王子の姿を見て息を呑《の》む。

彼らは出入り口が封鎖されているため、王宮の門外に出ることができない。好き勝手に動き回ることも許されず、全員がその場に留まっていた。

国王命令で王子の保護に来たカイヤ補佐官も、王子の姿を見るなり動きを止める。そのただごとではない姿に、さすがの補佐官もなかなか言葉が出ないようだ。

「コージュ……王子殿下、ご無事で何よりでした。陛下からのご伝言です。殿下もすぐに奥宮に避難するよう、とのことで……」

「呑気《のんき》に避難してる場合か！　タカマ秘書官は爆弾を所持している可能性が高いんだ。とっとと捜せ！」

「し、しかし、肩から血が出ております。早く手当てをいたしませんと」

それでも、カイヤ補佐官はコージュ王子を奥宮に誘導しようとするが……。

そんな補佐官の襟首を摑み、王子はグイと眼前に引き寄せた。

「やかましい!! 王宮を吹っ飛ばされたくなければ、ごちゃごちゃ言わずに捜すんだ！」

補佐官は無言でうなずき、数人の衛兵を伴い走り去った。

アリサはそんなやり取りを少し下がった位置で見ていた。

変な話だが、危機に直面したコージュ王子は実に生き生きとしている。まるで〝王妃の息子〟という足枷《あしかせ》が外れたかのようだ。

王子に言われたとおり、アリサは軍服の前をしっかりと留めた。すると、裾が膝の上辺りにきて、まるでスカートを穿《は》き忘れたかのようだ。どう考えても異様な格好だが……この騒ぎに誰も気に留める様子はない。

しかし、チグサはどこに行ったのだろう?

(王宮からは出ていないはずよ。第一、愛する夫を残して、チグサさんがひとりで逃げる訳がないわ)

アリサはそんなことを考えながら、何気なく正殿大広間の吹き抜けを見上げた。

するとそこに、三階バルコニーからこちらを見下ろすチグサの姿があった。

「殿下！ 上です。三階のバルコニーにチグサさんが！」

コージュ王子は衛兵を連れ、三階に繋がるオープン階段に向かう。当然のようにアリサもあとを追おうとするが……。

「おまえはここにいろ！」

「いいえ、わたしも殿下のお傍に」

「ダメだ！　これは命令……」

声を荒げた瞬間、王子の身体がわずかに傾いだ。

掠めただけとはいえ、銃弾に肩の肉が削がれている。出血もかなりの量だろう。もはや男の意地と王子のプライドで立っているに違いない。

相手は兵士ではなく秘書官、それも女性。とはいえ、夫がコージュ王子に撃たれたことを知れば、何をするかわからない。

いざというときは、アリサが王子の盾になるつもりだった。

「嫌です。ご命令には従えません。あとでいかなる処罰も受けます。わたしは」

アリサがそこまで言ったとき、王子は信じられない行動に出た。

彼はアリサの手首を摑み、引き寄せると数百人の面前で唇を重ねた。予想外の王子の振る舞いに、アリサは声も出ない。目を見開いたまま、キスされていた。

「おまえは俺の女なんだ！　言うとおりにしろ。俺が待てと言ったら、ここで待ってるんだ！」

まるでふたりきりのような口調に、アリサの思考は完全に停止した。機械じかけの人形のように、首を縦に振るのがやっとで……。

彼女がハッと我に返ったとき、コージュ王子はすでに階段を駆け上がっていた。

＊＊＊

アリサを守るために、腕を磨いてきた。それが、肝心なところでアリサに助けられてどうする。サーベルを手に震える彼女を見たとき、王子は自分の不甲斐《ふがい》なさに腹が立った。

チグサはすでに三階にはいないだろう。だが、下の階には下りて来られないように、他の階段も封鎖した。あとは上に追い込み、爆弾を仕掛けた場所を吐かせれば……。

「待っていましたわ。コージュ王子殿下」

その予想を裏切り、チグサは三階のバルコニーに立っていた。

王子は驚きを隠して対峙《たいじ》する。

「アリサに罪を押しつけ、俺や陛下を巻き込んで心中する予定だったらしいな。ということは、爆弾だな？　おまえの亭主をはじめ全員が捕まった。俺が……少尉を撃った。奴の傍に行ってやれよ」

チグサが諦めて投降してくれるのが一番だ。

それがダメなら、夫が撃たれたと聞き、激昂してコージュ王子に殴りかかってくれたらいい。いざとなれば夫の処遇を盾に、爆弾の場所を聞き出す。

だが、そんな思惑をチグサは見事に外してくれた。

真面目で通っていた女性秘書官は、壊れたように笑い始める。

「私が傍に行って、あの人が喜ぶ訳がないじゃない。昇進目的で私と結婚したような男よ。こんな美人でもなければ若くもない女と。そこを戦争賛成派に利用されたみたいね。――馬鹿な男」

チグサの言動は全く先が読めず、王子らは次の行動に出られない。

気持ちばかりが焦るが……そのとき、チグサが動いた。

「おい、動くな！　撃つぞ！」

奥宮から回された衛兵が拳銃に手をかける。

「待て。――なら、話は早い。おまえは昇進目的の悪党に騙されただけなんだ。爆弾のありかを言えば、情状酌量の余地はある。確か……弟が侍従見習いをしていたな。今なら、累は家族には及ばない。俺が約束する」

コージュ王子は衛兵を手で制し、少しずつチグサに近づいた。

「私……アリサさんが大嫌いだった。若くて、綺麗《きれい》で、あのミヤカワ中尉からプロポーズされながら……。プリンスにまで手を出して」

チグサは手すりに触れ、下のほうに視線を移す。

「でも、プリンスとの関係が明るみに出たら、もうおしまいね。いい気味……」

それは、一瞬のことだった。

チグサはフッと片頬を吊り上げると、一気に手すりを乗り越えた。

王子や衛兵たちが止める間もない。彼女はきっと、最初から飛び降りるつもりで待ち構えていたのだ。

階下から叫び声が上がり、王子は手すりに飛びついた。

三階とはいえ、通常の四階以上の高さに匹敵する。おそらくチグサは即死だろう。階下ではアリサが口元を押さえ、上を仰ぎ見ていた。

誰も巻き込まなかったことを確認して、コージュ王子はホッと息を吐く。

チグサがひとりで運べたのであれば、爆弾は数日前に発見された物と同じタイプに違いない。その場合、爆発の規模はそう大きくはない。

王子はてっきり、アイリーン王女がレセプションから下がるのと同時にアリサを自由にし、彼女が正殿に飛び込むのを見計らって、無線で爆発させるものとばかり思っていた。

だが、スイッチを入れるはずのチグサは、自ら死を選んだ。

コージュ王子の額に玉のような汗が浮かぶ。時限式だとしたらタイムリミットは何時なのか、果たして解体する時間は残されているのだろうか。

大広間に残った数百人の命が、コージュ王子の肩に重く圧しかかった。

＊＊＊

チグサの身体はわずか数秒で一階フロアに叩きつけられた。

大広間に絹を裂くような悲鳴が響き渡る。

そんな中、アリサは言葉もなく立ち尽くしていた。こんなときですら、落ちてきたのがコージュ王子でなくてよかったと、心から思ってしまう。

チグサに逃げようとする様子はなかった。明らかに自分から飛び降りたのだ。

殺されそうになったとはいえ、アリサは同僚の無残な姿に目を覆った。

これ以上、晒《さら》しものにはしたくないと思い、隅に寄せられたテーブルに近づき、白いクロスに手をかけた。

「え？　護衛官の人たちが探してたのってこの人？」

スタッフの呟きが耳に入ってきたのは、そのときだった。

「彼女に見覚えがあるの？　それは今日のことよね？　彼女をどこで見たの？」

アリサから矢継ぎ早に質問され、ふたりの女性はビクッとする。

レセプションパーティのため、臨時に雇った給仕担当らしい。ふたりとも紺の膝下ドレスに白いエプロンをかけ、髪をしっかりと括っている。

そのうちのひとりの女性が口を開いた。

「はい。その女性がレセプションで使うからと、ステージの隅に黒いケースを幾つか置いていきました。あ、でも護衛官の方に見せて確認されてましたよ。だから……」

彼女たちはアリサの顔は知っていたという。

秘書官の中で最も若く、憧れのコージュ王子の専属秘書官が気にならない訳はない。だが、国王のスケジュール調整が主な仕事であるチグサのことは、タカマ秘書官と言われても、ピンと来なかったらしい。

大広間の正面入り口から最奥が上座だ。一段上がったその場所は、通称ステージと呼ばれていた。

国王だけでなく、王子の席もそこに用意される。もっとも、レセプションの間、王子たちがのんびり着席していることなど滅多になかったが。

今日はふたつの椅子しかないステージを、アリサは隅々まで見て回った。

すると、カーテンの裏側に五個の黒いアタッシュケースが置かれていた。そのうちの四個までは、間違いなくレセプションの進行表や会場のセッティング、招待客の名簿などが入っていた。

だが、五個目のケースが異常に重い。

（もし、開けた瞬間に爆発したら？）

そんな不安がアリサの胸を掠める。

だが、『アイリーン王女がお召し替えに王宮から出たあと』――その時刻は、アリサの記憶にあるタイムテーブルではもうそろそろだ。

侵入者の持っていた爆弾は時限発火式だったと聞いている。アリサは息を止め、覚悟を決めてケースを開けた。

最初に目に入ったのはアナログタイプの時計だった。時計の周囲にはたくさんのリード線があり、秒針を刻む音がやけに大きく聞こえる。こういう場合、映画ではリード線の色が赤や青に分かれていて、どれを切断するか悩むシーンが多い。しかし実物は、黒のビニールでコーティングされたものばかりで、どれが何に繋がっているのか、素人のアリサにはさっぱり区別がつかなかった。

そのとき、時計の長針がカチッと動いた。

針が指しているのは十一時五十分。しかし、チグサがアリサを迎えに来たとき、すでに十二時を回っていたはず……今が十一時五十分のはずがない。

おそらくは、長針と短針が重なる十二時ちょうどの位置で爆発するのではないか？

アリサはそう考えたが、残り十分では処理班を呼ぶこともできない。だがコージュ王子なら、解体できるかもしれない。

アリサが王子を呼ぼうとしたとき、

「シンザキ秘書官！　コージュ王子が倒れられました。すぐにこちらに」

それはカイヤ補佐官の声だった。

(爆弾を殿下から……正殿から離さなくては)

王子が倒れたと聞いた瞬間、アリサが思ったのはそのことだけだ。

「それは……まさか、爆弾ですか？　すぐに処理班を」

「間に合いません。もう、十分を切っています」

「で、では、すぐに、全員退避を」

「わたしが王宮から持って出ます。なるべく、人のいないところまで……。殿下をお願いいたします！」

爆弾ケースの蓋をそうっと閉じ、両手でしっかり抱きかかえると、アリサはとにかく正殿の外に向かって走り出した。


最初は王宮の森に向かうことを考えた。

森の真ん中で爆発させたら、建物への被害もないだろう。しかし、時間的にどう考えても無理だ。

次にアリサは正門の前にある王宮前広場に行こうと思いつく。なんといっても、今日は一般人立ち入り禁止になっている。間に合うかどうかわからないが、何もせずに放り出すよりはマシだ。

アリサは正殿を出ると、正門に向かって全速力で走った。

このとき、カイヤ補佐官から各分隊に緊急連絡が回っていた。

『シンザキ秘書官に協力してください』

しかし、爆発物処理班の到着に十分以上と言われ、彼らもどう協力していいのかわからず……結果、アリサを遠巻きに見守ることしかできない。

協力は得られなかったが邪魔もされず、アリサはどうにか正門に辿り着いた。

堀の向こうに空白地帯のような王宮前広場が見える。ところが、そこまでの道路に多くのマスコミ車両が所狭しとひしめいていた。

（もうダメ……間に合わない）

ケースの中からカウントダウンの声が聞こえる気がした。

今のアリサには残り時間を確かめる余裕もない。こうなっては、できることはひとつだけ。彼女はケースを胸に抱え、そのまま覆いかぶさろうとした——。

「アリサーーっ！」

ふいに背後から名前を呼ばれ、彼女は振り向いた。

信じられないことに、一台のオートバイが正殿から正門までの通路を疾走している。それも、もの凄いスピードでアリサに向かってきた。

オートバイは急ブレーキをかけ、彼女の真横で停まる。

「アリサ、そいつを貸せ！」

ミヤカワ中尉だ。

タカマ少尉らの犯罪の証拠を摑むため、王宮の外に出ていたはずだ。それがなぜ、アリサの後方から……しかもオートバイでやって来たのだろうか。

「ユキちゃんも離れて……これは爆弾なの、だから……」

「だから寄越せと言ってるんだ！」

中尉はアリサの腕から強引にケースを引ったくり、ふたたびオートバイを走らせた。

時間は一分どころか、三十秒も残ってはいないはず……。

そう思った直後、ミヤカワ中尉は橋の途中でハンドルを切る。そのまま、堀の中にオートバイごとダイブした。

「ユキちゃん⁉」

アリサは懸命に堀に向かって走る。

中尉の無事を確認しようと橋に飛びつく寸前、後ろから強い力で抱き止められた。

一秒後――地鳴りとともに堀の水が天に向かって吹き上げた。

その凄まじい水圧は、あろうことか橋を下から突き崩す。吹き飛ばされた砂利や大小の石が周囲の人々に降り注ぎ、直径五十センチ大の石に直撃された車両は、屋根に大穴が開いた。

アリサの身体にも、水と土砂が降りかかる。橋の近くにいたため、もう少しでその崩落に巻き込まれるところだった。

それらからアリサを庇ってくれたのは――。

「アリサ……おまえ、無茶し過ぎだ」

「殿下。どうして？　だって……倒れたって」

「おまえが爆弾を抱えて出て行ったと聞かされて、俺が呑気に倒れていられると思うのかっ!?」

王子は顔を真っ赤にして怒鳴る。

呼吸は乱れ、全身汗だくだ。傷だけでも辛いはずなのに、きっとアリサのために全力で走ってきたのだろう。彼女の胸は潰れそうなほど痛かった。

しかし、今はコージュ王子に抱きついて泣いている場合ではない。

「殿下……中尉が。ミヤカワ中尉が、爆弾と一緒にお堀に飛び込んだんです！　早く助けてください」

「その必要はない」

「殿下!?」

いくら王子でも酷い言いようだ。アリサが中尉と結婚したいと言ったせいかもしれない。

彼女は王子の手を振り切り、

「わかりました。結構です。わたしが行きます！　中尉を見殺しにはできません！」

堀に飛び込むため、軍服を脱ごうとした。

「慌てるな！　アリサ、後ろを見ろ」

コージュ王子が指さした場所には……。

全身から水を滴らせ、泥だらけで微笑むミヤカワ中尉がいたのだった。

＊＊＊

護衛官らによる王宮内でのクーデター未遂事件は、しばらく世間を騒がせた。

不幸中の幸いだったのは、爆発による死亡・重傷者はゼロ、軽傷者が数人出ただけに留まったことだろう。

事件の翌日、王宮病院にいたコージュ王子のもとにアイリーン王女が現れる。それは緊急帰国の挨拶だった。

『イーサンの具合が思ったより悪いらしいの。私の婚約や結婚は少し先になりそうだわ』

アイリーン王女は控え目に兄の容態を話した。

だが補佐官筋の情報では危篤だという。個人の感情より、公人としての姿勢を貫く辺りが王女らしい。

『トーキョー王国の内紛に巻き込んで申し訳なかった。次回はもっと、有意義な滞在を約束する。イーサン王子が元気になられたら、ぜひ一緒にお越しください』

イーサン王子がトーキョー王国に来られる日は、永遠に来ない可能性のほうが高い。だが兄思いの王女にコージュ王子は話を合わせた。

王女もその心遣いに気づいたのだろう。

優しい微笑みを浮かべると、

『ええ、ぜひ。あなたはアリサと一緒に来てちょうだい。——そのときは妃殿下かしら？』

後半の台詞は小さな声で、王子の耳元でささやいた。

あえて返事はせず、コージュ王子は大人びた笑みを浮かべてうなずいた。

「シンザキ秘書官の命を救ってくれたことには感謝しています。中尉自身も無事で何よりです」
すでに本性を知られているミヤカワ中尉とふたりきりにもかかわらず、コージュ王子は嫌味も込めて、馬鹿丁寧な口調で話した
「はあ……ありがたきお言葉」
ミヤカワ中尉は恭しく頭を下げる。

事件から十日後、コージュ王子は中尉を病室に呼んだ。〝感謝の言葉を述べる〟という名目で、先ほどからチクチクいじめている。

理由のひとつは、最後の最後で〝王宮を守った英雄〟の座を中尉に持っていかれた点だろうか。

マスコミは、爆弾を抱えてオートバイごと堀に飛び込んだ中尉の姿を、カメラに納めていた。それが一斉に公開され、中尉は一躍〝時の人〟だ。しかもほぼ無傷とあって、〝神に守られた男〟として一身に注目を浴びている。

無論、それには王室側の事情もあった。

コージュ王子の血だらけの姿や、アリサとの関係を隠さなければならない。それに加えて、内部の犯行であったため、反逆者たちの情報を出すにも限界があり……英雄の話題にすり替えるのが最も都合がよかったのだ。

慣れないフラッシュを浴びることになった中尉こそいい迷惑だったが、これにより降格処分は取り消しとなった。

「これからも、護衛をよろしくお願いします」

「はっ。一命に代えましても」

「……」

「……」

男ふたり、無言の時間が流れる。

「まあ、こんなもんかな……俺に言いたいことがあるんだろ？」

芝居でカットの声がかかったかのように、コージュ王子は砕けた口調になった。

「はぁ、その……。アリサの件ですが」

「わかってる」

「一番の功労者であるはずの彼女が、東の宮にほぼ軟禁状態と言うのは」

「だから、わかってると言ってる」

中尉の話はアリサのことに違いない。心づもりはしていたが、実際に言われると苛立ちをぶつけてしまいそうになる。

「幸せにできないなら、さっさと諦めてください。アリサは自分が幸せにします」

「アリサを幸せにできるのは俺だけだ！」

「絶対ですか？」

「ああ、絶対だ！」

爆発の直後、さすがのコージュ王子も力尽きて王宮病院に運ばれた。そのため、アリサの処遇はカイヤ補佐官に一任されたのだ。

アリサは秘書官を辞職して王宮から去ろうとしたが、許可されなかった。

『コージュ王子の子供を妊娠している可能性がある以上、王宮から出す訳にはいきません』

そういった理由らしい。

事情を全く聞かされず、一度も顔を見せないアリサに、王子は怒りすら覚えていた。そんな彼が真相を知ったのは、つい昨日のこと。

「………わかりました」

深いため息とともに、ミヤカワ中尉は渋々承諾する。

あの日、彼は渋滞を抜けるため、通りすがりのオートバイを拝借して王宮まで駆け込んだ。ミヤカワ中尉は王宮の敷地内をオートバイで疾走した初めての人物だ。それもこれもアリサのためだった。

だが、思いの強さと深さなら、コージュ王子も負けてはいない。

「で、ものは相談なんだが……力を貸してくれるかな、英雄どの」

中尉を言い負かした王子は、不敵な笑みを浮かべた。

＊＊＊

コージュ王子がミヤカワ中尉を病室に呼んだ翌日――。

ようやく妊娠の可能性はないと判明し、アリサは奥宮に呼ばれた。

「あえて、いつからとは聞かぬ。聞けば、おまえを罰せねばならなくなるようだ。このたびの働きに免じて不問に付す」

国王の言葉を、アリサは頭を下げたまま黙って聞いていた。

おそらく、東の宮の女官を尋問したのだろう。隠しているつもりでも、隠し切れないのが男女の仲だと言う。ましてや未熟なふたりに、親より年配の女官の目をごまかせるはずもない。

「身分の差は、後々不幸の種となる……わかってくれるな」

王妃のことを思い出しているのか、悲しみに満ちた声だ。

「おまえがこのまま秘書官として働き続けることは……周囲の目もあろう。しばらくの間、国外に仕事を与えよう。シンザキ家はこれまでどおり王家に仕えてもらうつもりだ。言いたいことはあるか？」

アリサは静かに頭を上げ、

「いいえ、ございません。お気遣いいただき、ありがたき幸せに存じます」

コージュ王子が責められないならそれでいい。すべてがうやむやになり、アリサとの醜聞はやがて消えるだろう。最初から何ごともなかったかのように。両親や妹たちにも迷惑をかけずに済むなら、これ以上は望むべくもない。

アリサが深く頭を下げた直後、後方からざわめきが広がった――。

制止する護衛官を振り払い、コージュ王子が姿を見せたのだ。

怪我人とは思えないほど、全身に力が漲っている。黒い髪は春の陽射しを受けて輝き、軍服を彩る金の勲章も煌《きら》めいて見えた。

アリサは王子の姿を見ることができ、心から安堵する。

面会すら許されなかったので、悪いほうにばかり想像していた。王子がこれ以上執着しないように、退院前にアリサは王宮からいなくなる予定だったのだろう。

「コージュ王子殿下といえども、陛下の許可なく奥宮にお入りになるのは……」

護衛官らは必死で止めようとする。

そんな彼らから王子を守るのはミヤカワ中尉だった。「申し訳ありません。王子のご命令ですから」そう言いつつ、双方の間に身体を割り込ませている。

「無断で入りましたこと、深くお詫《わ》び申し上げます」

コージュ王子はアリサの隣に立ち、国王に頭を下げた。

「シンザキ秘書官、話は済みました。退出して結構です」

「あ……はい」

アリサに命じたのはカイヤ補佐官だ。アリサはそれに従おうとしたが、コージュ王子に手首を摑まれ、引き止められた。

「国王陛下にお願いがあります。王位継承権と引き替えに、このシンザキ秘書官との結婚を認めてください」

あまりに堂々としたコージュ王子の態度に、その場にいた全員が目を見張った。アリサは、やめてください、と言いたいのだが、今日の王子にはそれを許さぬ気迫が漂う。

しかし、国王の返答はひと言。

「認めることはできない」

国王とコージュ王子の間に不穏な空気が生まれ……ふたりを取り囲む人間は、固唾を吞んで見守った。

「ならば、王子の位を返上して王宮を出ます。私は臣下に下り、兄たちを補佐することにいたします。――二十年間、王宮の片隅に置いていただき、ありがとうございました。では、ごきげんよう」

丁寧な言葉とは裏腹に、王子の瞳には怒りの炎が映っていた。

「コージュ。おまえは王妃の名に泥を塗るつもりか？　自らの命と引き替えに、おまえを産んだ母に申し訳ないと」

「――その台詞は聞き飽きた」

その場にいた誰もが凍りつくような返答だった。

国王も聖人君子らしからぬコージュ王子の言動について、噂には聞いていただろうが、まさかあのコージュ王子に限って――という気持ちだったのだろう。

「今、なんと言った？」

そう聞き返すのが精一杯のようだ。

一方、コージュ王子は清々した顔で答える。

「二十年間、毎日毎日誰かが俺に『亡き王妃のため』って言い続けた。おかげですっかり洗脳されてたよ。ちょっと考えればわかることだったんだ。母上が俺に望むことなんて、たったひとつだ、と」

少し間を置き、国王は尋ねた。

「それは、なんだ」

「どんな逆風にも負けず、惚《ほ》れた女を妻にした、どれほど重い責任を背負っても、妻を守り続けようとした――父上みたいな男に、なって欲しかったんだろうなってね」

「殿下！　陛下の前でそのような言葉使いは……」

カイヤ補佐官が口を挟もうとするが、国王がそれを制する。

「俺は〝王妃の息子〟じゃない。惚れた男に命懸けで尽くした母上の息子だから……俺はアリサを選ぶ！」

次の瞬間、アリサはコージュ王子に手を引かれ、奥宮の広間から連れ出されていた。

だが、国王に礼もせずに出て来てしまった。

不敬罪があれば逮捕されかねない行為で、アリサは顔面蒼白《そうはく》になる。

「殿下！　殿下……あんなことをおっしゃって。もし、本当に王宮を出ることにでもなれば」

アリサがそう言った途端、王子は急に足を止め振り返った。

「それは、王子じゃない俺は用なしってことか？　二十歳のガキに惚れられるのは迷惑か？」

「あの……」

「なんだ？」

「殿下は本当にわたしのことを？」

アリサの質問に、王子はガックリしたようだ。少しするとふいに顔を上げ、アリサの両腕を摑んで激しく揺さぶる。

「愛してなきゃ、あんな狂ったみたいに抱くかよっ！　そういうおまえはどうなんだ？　この期に及んでまだ中尉を愛してるなんて言うなら、俺は奴に決闘を申し込むぞ！」

真正面から覗《のぞ》き込んだ黒曜石のような瞳の中に、アリサは愛の光を見た。

言葉は乱暴だが、王子は決してアリサには嘘《うそ》をつかない。このまっすぐな思いに応えるのに、どんな身分が必要だと言うのだろう。

アリサは五年分、いや、十四年分の思いを言葉にして王子に伝えた。

「愛しています。殿下のことを、心から愛しています。ずっと、お傍にいさせてください……どうか、わたしを」

この前の夜は拒否された。だが、アリサはもう一度、自分から王子の胸に身体を預けた。

「おまえは俺のものだ。誰にもやらない。一生、俺だけのものになれ。アリサ、おまえのことを死ぬほど愛している」

「――はい」

王宮だけでなく、たとえトーキョー王国を追放されても、コージュ王子とともにいたい。

アリサはもう、自分の思いを偽らなかった。

アリサの唇に優しいキスが降ってくる。しだいに、コージュ王子の手が腰に回り、覆いかぶさるような激しい口づけに変わり……。

そのとき、ふたりの背後で咳《せき》払いが聞こえた。

慌てて振り返ると、カイヤ補佐官がなんとも言えない顔をして、その場に立っている。

「陛下のお言葉です。——王宮に留まり、父親を越えて見せるように、と」

それは、アリサを妃にすることで生じる問題を、コージュ王子自身の裁量で解決するようにということ。いわば、結婚のお許しだった。

「酷い反対に遭うかもしれない。それでも、俺についてきてくれるか？」

コージュ王子はアリサの両手を摑み、口元に引き寄せる。

「もちろんです。どこまでも、お供いたします」

ふたりはしっかりと寄り添いながら、国王の前に引き返した。

エピローグ

アリサの前を、金色のたてがみを持つ四白流星の牝馬《ひんば》が駆け抜けた。

「シャイン！　よかった、薬殺処分は免れたんですね」

五月末、桜の木が深緑に覆われる時期、シャインブロッサム号が王宮の厩舎《きゅうしゃ》にやって来た。

「俺たちの馬だぞ。むざむざと殺させる訳がないだろ。まあ、競走馬としての道は断たれたがな」

それでも充分だ。

アリサがこのことを聞いたのは昨日で、王子がひとかたならぬ尽力をしてくれたという。それを教えてくれたのはミヤカワ中尉だった。

王子と中尉は協力して、リムジンの事故が故意に引き起こされたものだと証明した。青酸性の毒物をハンドルに塗り、皮膚から吸収させることで、運転手の呼吸困難を引き起こしたらしい。亡くなった運転手の名誉が回復されたことに、アリサは胸を撫《な》で下ろした。

その実行犯であるタカマ少尉だが……。

神の采配か、それともチグサの深い愛執だろうか。彼女が王宮で飛び降り自殺をした同時刻、緊急車両の中で息を引き取った。

他の下士官ふたりは命を取り留めたが、犯した罪が罪だけに死刑は免れないだろう。

そしてトーキョー王国内の戦争賛成派を煽《あお》り、タカマ少尉に資金を提供したと見られるバジャルド王国の王族だが……。

残念ながらそこまで辿《たど》ることはできなかったらしい。

気の滅入るニュースが多い中で、このシャインブロッサム号の処分免除は、アリサにとって久しぶりに明るい話題だ。

「こいつには、俺たちの婚礼パレードで馬車を曳《ひ》いてもらうんだからな」

「婚礼……本当にそんな日が来るんでしょうか?」

亡き王妃の二の舞になるのではないかという懸念の声と、熱い思いを貫いたコージュ王子への賞賛。アリサとの結婚を宣言したことに、世論も王宮も真っ二つに分かれている。

アリサの両親も今度のことに戸惑いを隠せないようだ。同じように王家に仕える家系の者たちからは、臣下の分をわきまえない恥知らず、とアリサは陰口を叩《たた》かれていた。

「なんだ、もう凹んでるのか？」

一方、コージュ王子は実に晴れ晴れとした様相だ。

相変わらず、国民の前では聖人君子を演じている。だが、あれほどハッキリと素顔を晒《さら》したのだ。王子が熱い情熱と強い信念の持ち主であることは、国民に強く印象づけられたに違いない。

コージュ王子は〝王妃の息子〟という重圧から解き放たれたかのように、我が道を歩き始めた。

「殿下は秘密がなくなってよろしいですね……でも、わたしは」

ため息混じりに口にすると、コージュ王子はいきなりアリサの手を摑《つか》んだ。そのまま、彼女を厩舎の中に引っ張り込む。

今は早朝で、厩舎の職員はまだ誰も出勤していない。だからこそ、ふたりでこっそりシャインブロッサム号を見に来られた訳だが……。

「うるさい奴だな。黙らせてやるから覚悟しろ」

「ちょっと殿下！　シャインを外に出したまま……それにこんなところで。職員たちが出勤してきたら」

アリサは理性を取り戻し、懸命にコージュ王子を押し退けようとする。だが王子はおかまいなしに、スカートの裾から指を潜り込ませてきた。

「柵があるんだ、どこにも行かない。職員たちは……終わるまで待たせておけばいい」

「殿下っ!?」

アリサは思わず声が裏返った。そんな慌てぶりを見ながら、コージュ王子は喉の奥で笑っている。

「冗談だ。——職員たちが来るまでには終わらせる」

指がショーツの隙間を割り込み、アリサの花芯に触れた。身を捩《よじ》って逃れようとするものの……下半身はすでに、理性に逆らい始めている。王子の性急な行為を受け入れ、壺《つぼ》の中から蜜が溢《あふ》れ出してきた。

厩舎の壁に背を押しつけられ、王子の愛撫《あいぶ》にアリサの腰も前後する。啄《つい》ばむようなキスが、余計に彼女を高みへ誘う。

「もっと、足を開けよ。指一本じゃ足りないだろ?」

王子の声が耳の中で響き、吐息がこそばゆい。軽く身震いしながら、言われるままにアリサは脚を開いた。二本目の指が蜜壺の中に飲み込まれ、せめぎ合い蠢《うごめ》いている。彼女は無意識のうちに激しく腰を揺らし、王子の手に敏感な部分を押しつけていた。

「凄いな、もうトロトロだ」

アリサは頬が熱くなる。そのとき、厩舎の奥から馬のいななきが聞こえた。馬房にいるたくさんの馬が、ふたりの愛の行為を見守っている。

「まるで、種付けを見られてるみたいだな」

王子も馬たちの視線に気づいたのか、そんな冗談を口にする。

「そんな……ここで、これ以上はダメです。だって、まだ効果が……あ、ん」

王子の入院中、アリサはピルの服用をやめていた。ふたたび飲み始めたものの、ここ数回は王子に避妊具の使用を頼んでいる。

そんなアリサの言葉をコージュ王子は無視した。

王子はそそり勃つ下半身を剝き出しにすると、立ったままアリサの脚を割り込んだ。熱いものが太ももに触れ、ゆっくりとなぞるように秘部に向かって進んでいく。その感覚だけでアリサは軽く昇り詰め、あまりの気持ちよさに王子の背中にしがみついた。

「ダメだと言いつつ、本当は欲しいんだろ？　素直になれよ、アリサ。このまま入れて欲しいって言え」

コージュ王子は溢《あふ》れる泉の入り口で挿入をやめる。指の代わりに彼自身を花弁に擦りつけ、果ては陰核を愛撫し始めた。

「あ……ん。いやぁ……あぁ」

ポタポタと厩舎のわらの上に愛液が滴り落ちる。ギリギリのところで焦らされ、アリサは為す術もなく降参した。

「おねがい……殿下、入れて、奥まで欲しいの」

「避妊はしないぞ。それでいいな」

「それでは……殿下の名誉が」

「そんな悠長なこと言ってたら、一番下の俺はどんどんあと回しにされるんだぞ。だったら、さっさと子供を作って結婚するに限る。いいな、アリサ。イエスって言うんだ！」

王子は硬いペニスの先端を膣の入り口に数センチ潜り込ませた。アリサは悲鳴に似た嬌《きょう》声《せい》を上げる。一気に奥まで突かれることを期待するが……。王子は先端部分を掠《かす》めるように抜き差しして、アリサを弄んだ。

「ほら、俺の子供が欲しいって言えよ。アリサ……欲しくないのか？」

「ほ、欲しいです。殿下の……仰せのままに」

思わず、そう答えていた。

アリサの返事を聞き、コージュ王子は満足そうにニヤリと笑う。

「よし。望みどおり、褒美をくれてやろう」

すぐさま、アリサの中はコージュ王子で一杯になった。

男と女が醸し出す、官能のリズムが厩舎内を満たしていく。王子の情熱に引きずられるように、アリサも悦楽の波に攫《さら》われた。

やがてふたりは一緒に頂点を見つけ……コージュ王子は愛の言葉とともに、おびただしい量の〝愛の証〟を放つ。アリサは至福を感じながら、王子のすべてを受け止めていた。

東の宮で育まれた、幼く無器用な秘密の恋——そこから〝秘密〟の文字が外された。

コージュ王子に導かれ、アリサは一歩踏み出す。

未来は光に溢れていた——。

番外編　中尉の敗北

『なんて不甲斐《ふがい》ない息子だ。結局のところは、五つも年下の殿下に好きな女性を奪われただけじゃないか。ああ、情けない』

『殿下に従うのが役目ですものね。仕方がないのはわかるけど……母さんショックだわ』

事件以降、ミヤカワ中尉の両親は、息子の顔を見るたびに愚痴を零す。

中尉がアリサと仲よくなったのは、初等科に入学したころだ。同じ歳で、同じ官舎の王宮職員専用の棟に住んでいたから、という理由もある。

代々王族に仕える彼らは、トーキョー王国の王族や貴族と同じ王立学院で学ぶ。学院のモットーは、女の子は女の子らしく、男の子は男の子らしく。そのため、耳にタコができるくらい、父から聞かされ続けた。

『おまえは男として、強く逞《たくま》しくなるんだぞ。将来は親衛隊に入り、護衛官として王宮に勤めることが決まっているのだからな。心して学ぶように』

素直な彼は——自分は強い男の子なんだから、弱い者を守らなければならない、と思い込む。だが初等科には、貴族の身分を笠《かさ》に着て新入生をいじめるような上級生もいた。どれほど自分が正しくても、主君に逆らってはいけない。しかし貴族に対してはどんな態度を取るべきか……。小学生の中尉は大いに悩んだ。

そんな中尉と違い、全く悩む様子を見せなかったのがアリサだ。

アリサは決して女の子らしくはなかった。相手の身分や性別も気にせず、言いたいことを言う。上級生や教師に対しても、間違っていると思えば平気で意見していた。

それでいて、人に文句を言うだけの我がままでもない。係や委員など、誰もが避けたがる役目を率先して引き受けるので、大勢から頼られていたように思う。

(結局のところ、仕切り屋なんだよなぁ。秘書官にはピッタリの性格だよ)

アリサは大学を出てすぐ、王宮の秘書官室で実習を始める。そして二十三歳の若さで第四王子秘書官に任ぜられたのだ。

東の宮に住み込みで任務に当たると聞いたとき、中尉は彼女を応援した。

自分も頑張って一日でも早く昇進しよう。そして見事コージュ王子の護衛官に選ばれたとき、胸を張ってアリサに交際を申し込むのだ——と。

「そう心に決めて、殿下の護衛官に志願したんだ。俺たちは結婚するのが一番だ、と思ったんだけどな」

「ご、ごめんなさい。きちんと断ろうって思ってたのよ。でも……本当のことが言えなくて……どうしても言えなくて。迷惑をかけて、ごめんなさい」

事件から二ヶ月が過ぎた。アリサとコージュ王子の関係は認められたが、正式な婚約の日取りはもう少し先になるという。

王太子が決定してからのほうが王子の結婚は望ましい——それが閣議の決定だった。

アリサは今も秘書官として東の宮に住み込み、コージュ王子の世話をしている。

今、中尉がアリサと一緒にいる場所は、東の宮の一階だった。偶然、休憩時間が重なったため、警備室に置かれた応接セットに座り込んで話をしている。

「おまけに、以前からふたりの関係を知っていて、俺も応援していた——なんて、茶番もいいところだ」

中尉は何も知らず、アリサとは特別な関係で求婚していることも公言していた。しかも男の見栄があり、あたかも熱愛中であるように言ってしまったのだ。

それをごまかすため、中尉はコージュ王子とアリサの関係を知り、自ら隠れ蓑《みの》になると志願した、ということになっている。

「ユキ……いえ、中尉が殿下の恋敵だと報道されるより、殿下の信頼が厚いって言われるほうがプラスになると思って……カイヤ補佐官の提案を受け入れたんだけど。でも、中尉に不快な思いをさせたなら、本当にごめんなさい」

しゅんとしてうなだれたまま、アリサは何度めかの謝罪を口にする。だが、断られそうな気配を察していながら、あえて気づかないフリをした中尉にも責任はあった。

「もう謝るな。そうでなきゃ、まだ挽回《ばんかい》できるんじゃないかって思うからさ」

無理やり笑って、彼は冗談めかして言う。

「それは……」

アリサが返答に詰まった直後――。

「それは考えるだけ無駄なことですよ、中尉」

いつの間にすぐ傍まで来ていたのだろう。そこにコージュ王子が立っていた。

（出たな、天使の顔をした悪魔王子め！）

王子の顔を見ると、どうしても胸の内で悪態をつきたくなる。だが表向きは即座に立ち上がり敬礼した。元はと言えば、王子の嘘《うそ》を真に受けたばかりに、とんでもない暴挙に出てしまった。せめてあんな馬鹿なことさえしていなければ、と後悔しきりだ。

「敬礼は不要だ。着席して、ゆっくり休憩してくれ――君ひとりで。さあアリサ、アフタヌーンティーの用意をさせておいた。私の休憩にも付き合ってくれるね？」

中尉と同じように立ち上がったアリサの肩を抱き、さらには腰にまで手を添え、コージュ王子は彼女を連れて行こうとする。

(俺のものだと言わんばかりだな……でも今になって思えば、殿下はずっとこうやってアリサを独占してきた気がする)

アリサは王子と距離を取ろうとしているみたいだが、受け入れる気配は全くない。

「どうしたんだい、中尉？　物欲しげに見ていても……アリサは譲らないぞ」

途中でコージュ王子の顔つきが変わり、声色までガラッと変わった。

「殿下!?　やめてください。中尉に変なことをおっしゃらないで。中尉はこの先ずっと、殿下のために命を懸けてくださる方なんですよ」

「ああ、確かに。彼は王宮をバイクで駆け抜け、爆弾を抱えて掘に飛び込んでくれた英雄だ。だが、誰のために命を懸けたのかは――」

本音を言えば、もちろんアリサのためだった。しかしそれを口にして、王子と張り合うことになんの意味があるのだろう？

中尉は小さく息を吐くと、スッと膝を折って答える。

「もちろん、国王陛下のことを一番に考えました。私は親衛隊に籍を置く衛兵ですので」

「ユキト・ミヤカワ中尉、君の献身に感謝しています。これからも、私の大切な人の命を守ってくれることを希望します。――もちろん、陛下のことですよ」

コージュ王子は一瞬で高潔な第四王子の仮面をかぶり、アリサを連れ去っていく。

父の言うとおりだ。十代二十代の恋愛で五歳差はかなりのハンデとなる。高い身分も障害にしかならなかったはず。それをものともせず、王子はアリサを手に入れた。同じ身分であることに胡坐《あぐら》をかき、黙っていてもいずれ手に入る、と思っていた中尉の負けだ。

そのとき、敗北感にうなだれる中尉の前に、女官見習いの格好をしたひとりの少女が駆け寄ってきた。モップを抱えているので、一階の通路を掃除していたのだろう。

「突然すみません！　どうしてもお礼が言いたくて。あの事件のとき、私も家族も王宮で働いてました。みんなが助かったのは中尉のおかげです。ありがとうございました！」

まだまだ垢《あか》抜けない印象の少女は、キラキラした瞳で中尉のことを見上げている。

彼のほうが恥ずかしくなり、わざとらしく咳《せき》払いして姿勢を正した。

「自分は衛兵として当然のことをしたまでですから」

「いいえっ！　中尉は私たちのヒーローです。あの……わ、私、高校を卒業したばかりなんですが……れ、恋愛、対象として……チャンスはありますか？」

少女の告白に面食らいつつ――そう悪い気分じゃないことに微笑む中尉だった。

あとがき

蜜夢文庫ファンの皆様、はじめまして！　御堂志生《みどうしき》と申します。

このたび、五月に創刊された蜜夢文庫様から『年下王子に甘い服従』を出版していただきました。それもこれも、応援してくださった読者様、関係者の皆様のおかげです。本当にありがとうございました。

本作は元々『ＴＯＫＹＯ王子』というタイトルで二年前にパブリッシングリンク様から電子書籍にしていただいた作品です。でも、最初に執筆したのは五年前で、ウェブで連載をしておりました。その当時に比べたら改稿に改稿を重ねてきているので、だいぶ読みやすく、わかりやすくなっていると思います。

ちなみに私の好きな設定は、男性が十歳くらい上の歳の差カップル。五、六歳差ならそんなに離れてるとは思えないし、同じ歳のカップルもあんまり書かないかなぁ。そんな私が何を思ったのか、ヒーロー年下設定、それも五歳も下という。登場時十九歳、すぐに誕生日を迎えますが、それでも二十歳！　いやあ、羨ましいを通り越して、ヒロイン大変だと思う……うん、いろいろと（笑）

海外ロマンス小説でも現代物でロイヤルロマンスは結構ありますよね。ヨーロッパの小国とか、南の島とかに架空の国を作っているのが多いように思います。せっかくなので日本を舞台にしたいなと思ったとき、平安まで遡《さかのぼ》れば今上帝や東宮様のヒーローもＯＫですが、現代では――無謀でしょう（滝汗）だったらいっそ、好きな設定で全部作っちゃえ、みたいな。それで出来上がったのがトーキョー王国でした。

コージュ王子には、悪ガキの部分は乗り越えているけど、大人の男にはまだまだ足りない――みたいな、発展途上っぽい魅力を感じてもらえたら嬉しいな。

イラストはうさ銀太郎先生に描いていただきました。表紙のふたりは感動ものです。とくにコージュ王子。制服大好きな私ですが、軍服とサーベルには愛を感じてます！

いちゃラブとアクションシーン満載で大満足なんですが……挿絵ラフを見て目が釘付けになったのが三枚目のコージュ王子の〇〇!?　私だけじゃありませんよ、担当様もです!!　発売された本からは消えちゃっただろうな……ちょっと残念（苦笑）。

先生、貴重な〇〇を……いや違う、カッコいいコージュ王子と綺麗なお姉さん系秘書官アリサを素敵に描いていただき、どうもありがとうございました。

最後に――この本はとくに、ウェブ連載当初から応援し続けてくれる読者様と、デビュー前から私の目標であり心の支えでもあるお友だち作家のＮＴ様、電子デビューの頃からビシバシと鍛えてくださった担当のK様、そして一番の理解者である夫に――愛と感謝を込めて捧げたいと思います。

あと、いつも書かせていただく最後の言葉があるんですが……。

これはもし自著が出せたとき、あとがきには必ず書こう、と思っていた文章でした。何冊出していただいても、一冊目を出していただいたときの気持ちを忘れないように。

それでは、何よりもこの本を手に取って下さった〝あなた〟に、心からの感謝を込めて。

またどこかでお目に掛かれますように――。

二〇一五年八月

御堂志生

蜜夢文庫

王子様は助けに来ない
幼馴染み×監禁愛

青砥 あか〔著〕／もなか知弘〔イラスト〕
定価：本体 660 円＋税

「コイツのこと、俺の性奴隷にするから」。母が急逝し、行き場を失くした私生児しずく。彼女を引き取ったのは、幼い頃に絶縁したものの、慕い続けていた従兄の智之だった……！

オトナの恋を教えてあげる
ドＳ執事の甘い調教

玉紀直〔著〕／紅月りと。〔イラスト〕
定価：本体 640 円＋税

「コイツのこと、俺の性奴隷にするから」。母が急逝し、行き場を失くした私生児しずく。彼女を引き取ったのは、幼い頃に絶縁したものの、慕い続けていた従兄の智之だった……！

赤い靴のシンデレラ
身代わり花嫁の恋

鳴海 澪〔著〕／弓槻 みあ〔イラスト〕
定価：本体 640 円＋税

結婚はウソ、エッチはホント♥　でも身体から始まる恋もある!?　御曹司からの求婚！身代わり花嫁のはずが初夜まで!? ニセの関係から始まった、ドキドキの現代版シンデレラストーリー！

地味に、目立たず、恋してる。
幼なじみとナイショの恋愛事情

ひより〔著〕／ただまなみ〔イラスト〕
定価：本体 660 円＋税

ワンコな彼氏とナイショで×××！　かわいくてちょいS!?　おもちゃなんかで感じたことないのにー!! 幼なじみとあんなことやこんなこと経験しました！溺愛＆胸キュンラブストーリー♥

♥好評発売中！♥

本書は、電子書籍レーベル「らぶドロップス」より発売された電子書籍を元に、加筆・修正したものです。

年下王子に甘い服従
Tokyo王子
2015年9月26日　初版第一刷発行

著……御堂志生
画……うさ銀太郎
編集……パブリッシングリンク
ブックデザイン……吉田麻里以

発行人……後藤明信
発行……株式会社竹書房
〒102-0072　東京都千代田区飯田橋2－7－3
電話　03-3264-1576（代表）
03-3234-6208（編集）
http://www.takeshobo.co.jp
印刷・製本……中央精版印刷株式会社

ISBN978-4-8019-0474-3　C0193
Printed in JAPAN